arda erel

kendine iyi bak

Kendine İyi Bak / *Arda Erel*

Yayıncı ve Matbaa Sertifika No: 10614

Genel yayın yönetmeni Ahmet Bozkurt
Editör Çağla Melek Kaçarlar
Kapak tasarım Berkcan Okar
Sayfa tasarım Eyüp İşkuran

ISBN: 978-975-10-3860-9

18 19 20 21 7 6 5 4 3 2 1
İstanbul, 2018

Baskı ve Cilt
İnkılâp Kitabevi Yayın Sanayi ve Ticaret AŞ
Çobançeşme Mah. Sanayi Cad. Altay Sk. No. 8
34196 Yenibosna – İstanbul
Tel : (0212) 496 11 11 (Pbx)

İnkılâp Kitabevi Yayın Sanayi ve Ticaret AŞ
Çobançeşme Mah. Sanayi Cad. Altay Sk. No. 8
34196 Yenibosna – İstanbul
Tel : (0212) 496 11 11 (Pbx)
Faks : (0212) 496 11 12
posta@inkilap.com
inkilap.com

arda erel

kendine iyi bak

Aforizmalar

İNKILÂP 91. yıl

Arda Erel

1995 yılında inşaat mühendisi bir babayla ev hanımı bir annenin tek oğlu olarak İstanbul'da doğdu. Yaşadıklarını, hissettiklerini kâğıda dökme isteği çok küçük yaşlarda başladı. Kendini bildiğinden bu yana günlükler tutan Arda Erel, daha sonra içinden gelenleri dijital ortamda paylaşmaya başladı. Sosyal medyada takipçilerinin sayısı bir milyonu geçen Erel, Bilgi Üniversitesi İletişim Fakültesi'nde reklamcılık eğitimine devam etmektedir. Yazarın 2015 yılında *Senin İçin*, 2017 yılında *Arayış* isimli kitapları İnkılâp Kitabevi tarafından yayımlanmıştır.

sonra güzel bir insan girecek hayatına.
sen, "kaldı mı böyle iyi kalpliler?" derken bulacaksın kendini.
ilk başta anlayamayacaksın çünkü uzun zamandır yalnız hissetmiş olacaksın kendini koca evrende, onca insan olmasına rağmen.
ama o, ayna olacak sana.
bir ışık olacak sonra, karanlığını aydınlatan.
kitap olacak, okunması gereken.
yol olacak, beraber yürüyeceksiniz...
onu arıyorsan koca evrende, o da seni arıyordur aslında.
sadece hazır olmayı bekliyorsunuz ikiniz de.
bu yüzden karşılaşana dek bazı acılardan geçecek, bazı kötü günler geçireceksiniz, birbirinizi bulunca daha çok kıymet bilmeniz için.
ayrı hayatlarda ama hep aynı frekanslardasınız.
çünkü bağlısınız birbirinize, doğduğunuz günden beri.
korkma yalnız olmaktan!
şu an yalnızsın belki ama bu ona hazır olman için gereken bir süre sadece...

sen onlardan olma.
insanlar kötü olsa da sen iyi ol.
çünkü günün birinde onlar kötülüklerinden kaybederken, sen iyi kaldığın için kazanmış olacaksın.

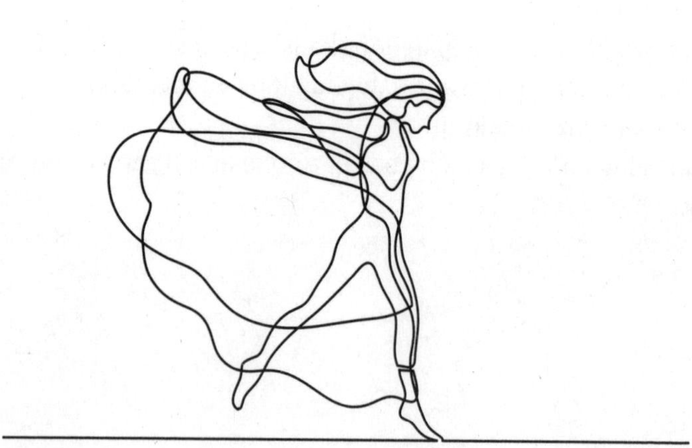

sevdiğin, senin aynandır.
hiç böyle düşündün mü?
kendine en yakın gördüğün kişilere bak.
hepsinde senin yansıman var.
biri çok eğlenceli, bu yüzden eğlenceli tarafını yansıtıyor sana.
biri çok sırdaş, bu yüzden sır tutan tarafını gösteriyor sana.
diğeri çok mutsuz, kırgın tarafını belli ediyor...
ya da geçmişten bugüne kadar âşık olduğun insanlara bak.
hepsinde senden izler var.
kimi serseri, kimi kırılgan, kimi saf, kimiyse kızgın...
ama hepsi senin birer yansıman.
mesela sen kızgınsan ailene, hayata kızgın birini çekersin kendine.
serseriysen ilişkide, serseri olan biri gelir bulur seni...
çünkü sen hangi enerjideysen, o enerjideki insanlarla buluşturur hayat seni.
"ben böyle birini hiç istememiştim." deme.
onda o kadar çok şey gördün ki kendinden sakladığın...
bu yüzden sevdin onu...
her şey ayna görevi görür, unutma.
sen neysen, bil ki hep kendinle karşılaşırsın...
"en iyi sen"le karşılaşman dileğiyle!

aklına düşen hiçbir şey imkânsız olamaz.
aklına düştüyse gerçekleşmesi için her zaman bir olasılık vardır.
sen imkânsız zannetsen bile...

"neden hiçbir arkadaşım benim yaşadığım sorunları yaşamıyorken, ben bunları yaşıyorum?" diye çok düşündüm...
anladım ki yaşadıklarımın hiçbiri tesadüf değil...
"erkekler güvenilmez." deyip güvenilir erkek bulanı görmedim hiç.
"kadınlar şeytandır." deyip melek gibi kadınlarla beraber olan erkekleri de...
çünkü kendi dünyamız bizim yansımalarımızdan ibaret.
kadınların şeytan olduğuna inananların karşısına tabii ki kötü kalpli kadınlar çıkacak!
erkekler güvenilmez dersen, güvenilmez erkekler bulacak seni.
çünkü sen ona inanıyorsun.
evren de seni dinleyecek, isteğini yerine getirecek ve seni onunla karşılaştıracak.
ama sen güzel şeyler düşünürsen, değerli olduğunu bilirsen, iyi olduğuna inanıp, evrende her şeyin yansıma olduğunu fark edebilirsen kendin gibilerle karşılaşacaksın.

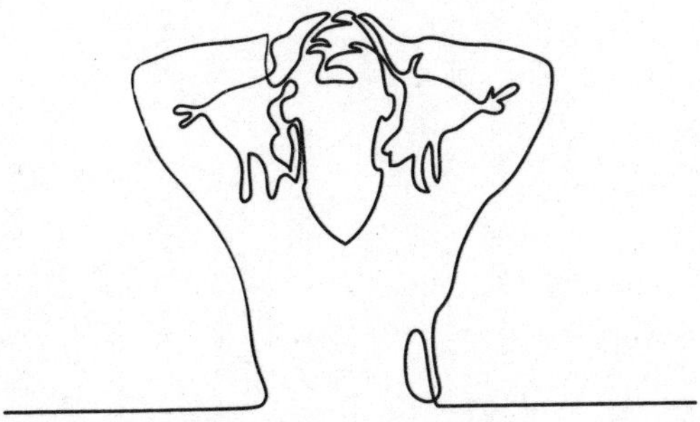

çok sevmeye inanıyorum ama çok bağlanmaya inanmıyorum.
başımıza gelen kötü şeylerin de çok sevmekten değil, çok bağlanmaktan geldiğini düşünüyorum.
çok sevmek zarar vermez.
hatta iyileştirir insanı, canlı tutar, yaşıyor hissettirir insana, nefes alışının değerini bildirir.
ama çok bağlanmak öyle değildir.
bağlanmak, muhtaç enerjisi yayar.
karşındaki onsuz yapamayacağını hisseder.
tehlikelidir yani.
ama sevdiğinde öyle mi?
onsuz da yapabilirsin.
onsuz da sevebilirsin.
bu yüzden çok sev ama hiçbir zaman çok bağlanma.

koşuyorsun oradan oraya.
yanında birilerini yok sanıyorsun ama zihninde var ettiğin için seninle beraber geliyorlar.
"son ilişkin nasıldı?" diye sorsam sana, "beni aldattı.", "çekip gitti.", "yalancının, karaktersizin tekiydi." dersin değil mi?
hepimiz benzeriz.
hep derim, aynı hayatlardayız hepimiz!
peki ilişkin bittikten sonra sende ne izler bıraktığını düşündün mü hiç?
hayatının ve senin ne kadar çok değiştiğini?
artık aşka daha az inandığını, insanlara daha az güvendiğini görebiliyor musun?
kendini başkalarının sevgisine daha az açtığını...
artık ilişki yaşamaktan bile soğuduğunun farkında mısın?
bunlar, yanında hâlâ onu taşıdığın için oluyor.
zihninden onu çıkar artık.
çıkar ki, kalbine başkaları girebilsin.

insanları kurdukları cümlelerden tanımayı bıraktım.
yaptıklarına bakıyorum.
hem daha kolay hem daha gerçek oluyor.

unutmaya çalışma...
çalıştıkça daha çok hatırlayacaksın onu.
"unuttum" dediklerinde bile, insanlar bir kere daha hatırlarlar.
marifetmiş gibi böbürlenir bazıları da...
değil ki! biz öyle sandık.
"unutamıyor hâlâ yazık." dedik.
unutursak, mutlu oluruz sandık.
peki ya hatırladıkça iyileşsek, olmaz mı?
evet, bizi üzen insanlar oldu.
yaraladılar, ağlattılar; heveslerimizi, umutlarımızı, hayallerimizi çalıp götürdüler.
ama ben birini daha unutmak istemiyorum.
bana ne yapmış olursa olsun, onu iyi hatırlamak için bir sebep bulmak istiyorum.
çünkü biliyorum ki o sebep de benim onu bulmamı istiyor.
biri vardı, beni çok üzmüştü,
kendimi güçsüz hissettirmişti.
ama sonra kendimi bulmamı sağlamıştı.
üzmeseydi, güçsüz hissettirmeseydi; hâlâ kendimi arıyordum belki de.
sen de hayatına giren hiç kimseyi unutmaya çalışma.
güzel bir sebep bul onu hatırlamak için.
hayat, hiç kimseyi sen üzül diye göndermedi sana.
mutlaka başka bir sebebi daha var senin göremediğin.
unutma, hatırla.
onu hatırladıkça, kendini iyi hissettiğin bir sebep bul...
çünkü bir sebep var.
ve o sebep senin onu bulmanı bekliyor...

sevdiğini söylemeye gerek duymaz bazıları.
kelimeleri sevmezler.
gözleriyle severler onlar.
gözleriyle korurlar.
kolları vardır, sarılırlar.
sarılırken, elleriyle konuşurlar.
tabii hissedebilirseniz.
bazen konuşmak, hissettikleri sevgiyi anlatmaya yetmez onlar için.
zaten eyleme dökmek de daha mantıklı gelir onlara.
çünkü seviyorum diyen herkes sevmiyordur.
ama gözlerinden sevdiğini okuyabildiğiniz biri, sizi sevmiyor olamaz.

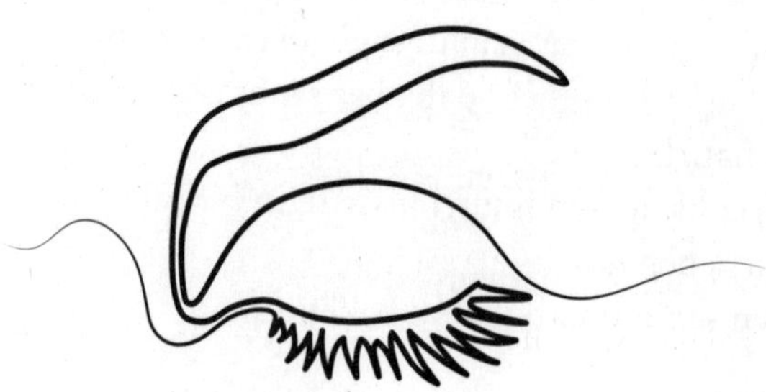

hatırlıyor musun?
çok yakışırdın yanıma.
belki de en çok sen yakışmıştın.
kızıyorum sana, özellikle geceleri.
niye geceleri diyeceksin.
çünkü sabahları hep bir koşturma hali, gelmiyorsun aklıma.
geliyorsun ama anca radyoda "o şarkı" çalarsa.
o bile çalmıyor artık...
belki şarkılar bile bizi ayırmaktan yana hakkını kullanıyor.
bilmiyorum ama çok kızıyorum sana.
niye kızıyorum değil mi?
dün, "tam benlik" diyerek giydiğim kazağı bile bugün ihtiyacı olan birine verdim.
dün, "beni anlatıyor." diyerek dinlediğim şarkıyı bugün radyoda yine duyduğumda frekansı değiştirdim.
halbuki ne çok severek giymiştim o kazağı, ne çok huzurla dinlemiştim o şarkıyı.
seni de ne çok sevmiştim.
belki sen de öyleydin.
bedenden bedene gezdin, ruhtan ruha.
belki o zamanlar benim sana ihtiyacım vardı.
belki bugün başkasının ilacı oluyor, onu ısıtıyor, onu dinliyor, ona yakışıyorsun.
kızmıyorum...
nasıl kızayım?
insan, sevmediği yemeği bile sırf sağlıklı diye zorla yediğinde sinir oluyor.
sana nasıl zorla, "beni sev." diyebilirim?
kızmıyorum artık...
anladım ki insan kızmadığında, özlemeye başlıyormuş meğer.
ne güzel insansın, yanımda yokken bile bir şey daha öğrettin bana.

kendi değerini unutacak kadar çok sevmemelisin birini.
çünkü başkasının gözünden kendi değerini belirlediğinde,
bir gün mutlaka değersizleşiyorsun...

birini nefret edecek kadar çok sevmek diye bir şey var bu dünyada.
"adını duymak istemiyorum, bir daha benim yanımda onu anmayın." dedikten sonra saatlerce nerede, ne yaptığını merak edip durmak diye bir şey var.
aşk ne garip şey değil mi?
insanı kendisiyle savaşa sürüklüyor.
sevginin nefrete karışması diye bir şey var dünyada.
"görmek istemiyorum, bir daha arama." dedikten sonra tekrar karşılaşmak için içten edilen dualar var.
"duam kabul olsun, başka bir şey istemem." diye konuşulup durulan, allah ile dertleşilen geceler var.
aşk ne garip şey değil mi?
dünyadaki her şeyi anlamsızlaştırabiliyor.
nefretin, sevgiyi geçtiği durumlar var bu dünyada.
"sevdiğim insan bu muymuş?" diye sorularla baş başa bıraktığı sabahlar var.
aşk ne garip şey değil mi?
çok sevdiğin birini, çok nefret ettiğin birine dönüştürebiliyor.

olmazlara meyillidir çoğu insan.
çoğu insan dediğime bakma, hepsi aynıdır da bazıları bu yönlerini diğerlerine nazaran daha iyi bastırır.
merak ediyorsun değil mi seni neden terk ettiklerini?
neden artık sevmediklerini?
neden başkasını tercih ettiklerini?
neden sana seviyormuş gibi yaptıklarını?
biliyorum, ben de çokça düşündüm bu sorduklarını.
buldum sorularımın cevaplarını.
dikkatli bak insanlara.
dikkatli bakarsan, hiç kimse ilk başlarda kazanmak için uğraşmadığı insanın değerini bilmiyor.
insan öyle yaratılmış sanırım, inan bunu bilmiyorum.
ama eminim, hepsi ilk başta emek vermek istiyor, uğraşmak istiyor, koşmak istiyor, koşarken yorulmak istiyor, düşmek istiyor...
yara almak isteyenler bile var.
hepsi bunlardan sonra ulaşmak istiyor, yanında olmasını istediğine...
ve sen de; o koşmasın, o uğraşmasın, o yorulmasın diye düşünürken, fark etmeden aslında elinin tersiyle başka yöne koşmasına izin veriyorsun...
"imkânsız ol." diyemem sana.
ama sana koşa koşa gelen birine hemen açma kollarını.
biraz "zor" ol ki değerin bilinsin...

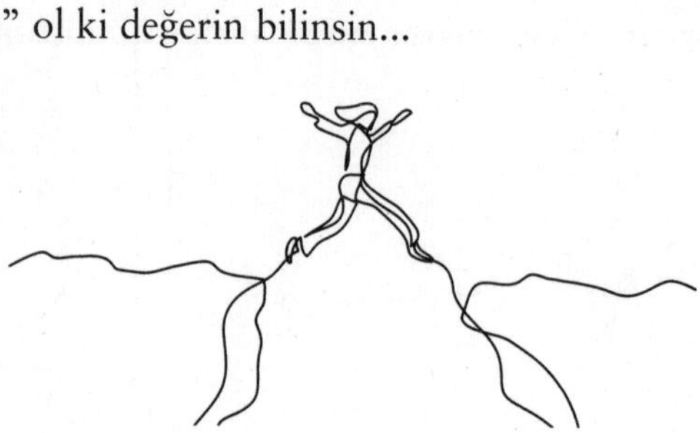

meğer kimse kötü değilmiş.
senmişsin sana kötülük yapılmasına izin veren.
bazılarını dışarıda bırakmak yerine, kalbine misafir eden.
herkesi içeriye alırsan tabii mutsuz olursun.
bazılarının suratına kapıyı kapa.
içeriye girmek isteseler de alma.
mutsuzluk kapılarını kapamadıkça mutluluk hayatına nasıl girebilir ki?

üst üste kötülük gördüğün insanı bırak...
çünkü bu sana bir işarettir.
hayatından çıkar, demektir.
işaretleri fark et...

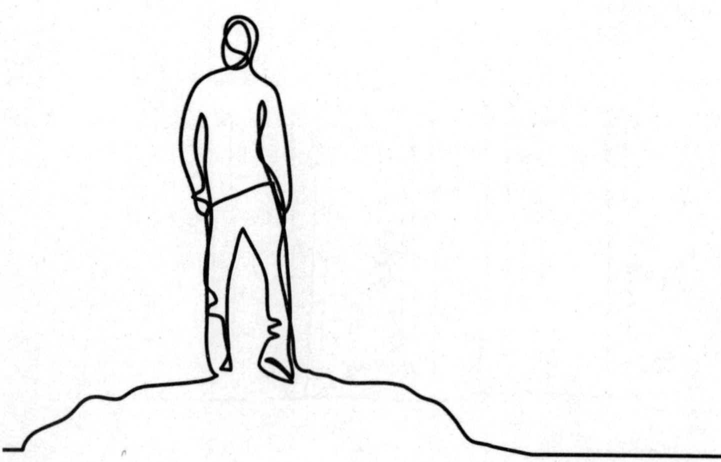

bundan sonra beraber olamayacağınızı söyleyecekler size.
"bu kadar şeyden sonra, olur mu hiç?" diyecekler.
"sakın arama bir daha, gurursuz musun sen?" diyecekler.
"tamam." diyeceksiniz.
"sen öyle diyorsan, vardır bir bildiğin." diye ekleyeceksiniz sonra.
belki bazılarınız peşi sıra sebeplerini sunacak ama onlar dinlemeyecek, hatta duymayacak.
"bir kere bittiyse bitmiştir aması yok." diyecekler.
peki bir kere bittiğinde bitiyor mu gerçekten?
hani aşkımıza sahip çıkacaktık?
neden bir daha aramamam gerekiyor?
"şunu sev." dediklerinde, "olur hemen seveyim." diyebiliyor musunuz siz?
ben diyemiyorum.
bazı şeyler bir kere hissedilir.
bazı insanlar hayatınıza bir kere gelir ve bazı aşklar imkân varken, imkânsızlaştırılır.
dinlemeyin kimseyi, hemen koşun gidin...
bu hayat sizin, bu kalp sizin...

verdiğiniz kıymeti hak etmiyorsa bazen siz çok isteseniz de
hayat alıp götürür onu sizden.
çünkü siz çok kıymetlisinizdir...

insanın mutlu olması için illa ki birinin elini tutması mı gerekiyor?
mesela bazen benim elim çok arayıp, "sonunda tam da kendime göre, aradığımı buldum." diyerek bir kazağı tutabiliyor, bazen çıkmasını dört gözle beklediğim bir kitabı da, "sonunda çıktı." diyerek tutup ona sarılabiliyor, bazen vizyona girmesini heyecanla beklediğim sinema biletini de çok severek tutabiliyor...
illa ki bir insanın tuttuğu elle mi "mutlu" olacağım?
"tamam, olacağım."
belki biraz garip bir düşünce ama...
sinema bileti seni terk etmiyor mesela, kitaplar üzmüyor, aldığın kazak seni aldatmıyor.
insan yalnızlığa alıştığında da onun elinden tutan şeyler var; onu hayata bağlayan, sevindiren, heyecanlandıran...
sonuç olarak yalnızlığa alışmak hem güzel hem de kötü bir şey.
ama emin olduğum tek şey var, o da arayıp zar zor bulduğum bir kazak kadar "bana yakışan", bir sinema bileti gibi "çok özel", dört gözle beklediğim bir kitap gibi "çok anlamlı" değilsen; ben böyle de mutluyum zaten...

geçmişte hatırlamak istemediğin ama sürekli hatırladığın şey var ya, o çoktan bitti.
hatırlaman düzeltmeye yaramayacak.
geçmişe dönüp değiştiremezsin onu.
"kötü bir şey." diyerek iyileşemezsin.
bazı şeylerin sadece yaşanması gerekir, öğretidir çünkü.
en önemlisi de geçmiş sana takılmaz, sen ona takılırsın...
o gün sözcükler çıktı ağzından ve o günün doğması gereken güneşi doğdu, ardından battı yine.
karardı gece.
ve senin de hayatın devam etti.
daldın o gün uyuman gereken uykuna.
belki aynı, belki değil.
ama hayatın devam ederken, sen devam edebildin mi?
yoksa o günde misin hâlâ?
işte sorun tam da burada başlıyor zaten.
eğer geçmişi orada, o günde bırakabilirsen, sende bıraktığı izlerden de kurtulabilirsin.
çünkü sen bunu düşündükçe, bugünün tarihinde değil, o günün tarihinde yaşıyorsun fark etmeden.
ama o gün bitti.
ve bir daha yaşanmayacak.
ne geçmişe bakıp üzül, ne de geleceğe bakıp tedirgin ol.
unutma: bazı günleri geçmişte bırakamazsan, kendine hiçbir zaman güzel bir gelecek yazamazsın.

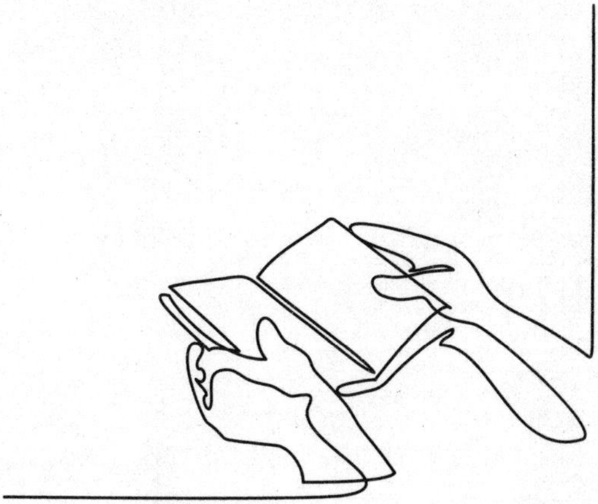

"daha iyisi"nin olması için istemediklerinin bitmesi gerekebilir.
hak ettiğinle karşılaşman için hak etmediklerinin gitmesi gerektiği gibi.
yani aslında hayatında kötü hiçbir şey yok şu an.
hatta kötü zannettiğin birçok iyilik var.
sadece farkında değilsin.
oysa tüm gidişler senin iyiliğine, hepsi senin için.

neden iyi olayların üzerinde durmak varken, geçmişindeki kötü olayları düşünüyorsun?
neden iyiliğinden şüphe ettirmeyecek insanlar dururken, kötü olduğunu bildiğin insanlar aklında hep?
peşinden gittiğin, senin hak ettiğin değil.
kötüyü mü hak ediyorsun?
hiç sanmıyorum.
onu bırak ki hak ettiğin sana gelsin...

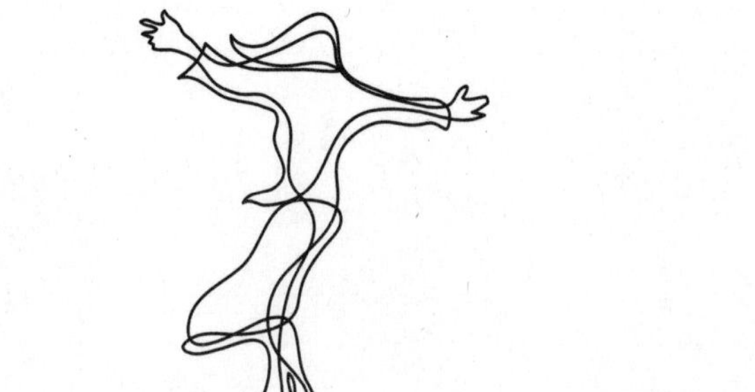

birini mutlu etmek için zor bir dönemden geçmesini beklemeyin.
ya şu an zor bir dönemdeyse ama size belli etmiyorsa?
birine ne kadar değerli olduğunu söylemek için size bir faydasının dokunmasını beklemeyin.
değerli olduğunu düşünüyorsanız, şimdi söyleyin ona.
"içimden geldi söylemek!" diye ekleyerek...
birine bir hediye almak için doğum gününün gelmesini beklemeyin.
yarın bir şey alın, mutlu edin onu.
ne kaybedersiniz?
birine, "çok güzelsin." demek için güzel giyinmiş olmasını,
çok güzel gülmesini beklemeyin.
içi zaten güzelse, güzel olduğunu söylemek için bir sebep her zaman vardır.
dışından size ne?
hadi yapın!
beklemeyin hayatı...
bekletttiklerinizi, bir gün sizi beklerken bulamayabilirsiniz.

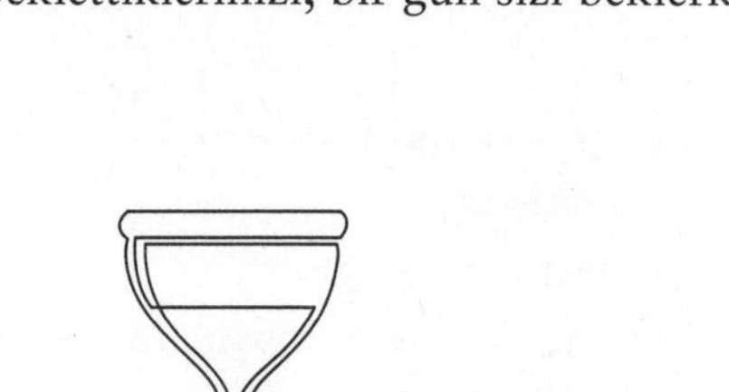

ben sevdiğim birinin yanında hemcinsimi görünce kıskançlık krizlerine girmek istemiyorum.
ben sosyal medyada ayrılık sonrası benim inadıma hareketler yapan biriyle hayatımı paylaşmak istemiyorum.
ben birinin benimle sırf dış görünüşüm için beraber olmasını istemiyorum.
birinin göz zevkini doyurmak istemiyorum.
çünkü yaşlanacağım, seneler geçecek.
sokakta alışveriş poşetlerini taşımakta zorlandığı için yardım ettiğim o yaşlı adama dönüşeceğim.
ben birinin benim malım mülküm olduğu için benimle beraber olmasını istemiyorum.
hiçbir şeyin garantisi yok çünkü.
göz zevkimizi doyuran herkesin peşinden gittik hep.
neler yaptık sırf göz zevkimiz doysun diye, neler feda ettik...
sonuç?
koca bir hiç!
çünkü hiçbir zaman kalbimiz iyi hissetsin istemedik.
hiçbir zaman kalbimizin güvenmesini sağlamaya çalışmadık.
ne öğrendiysek onu yaptık.
"annem güvenemiyor, demek ki erkekler güvenilmez."
"babam kötü biri, ben de öyle olmalıyım."
"arkadaşım aldatıldı, kesin ben de aldatılacağım."
anladım ki güvensizliğimizi elbette ki biraz insanlara, biraz beklentilerimize, biraz da "ne aradığımıza" borçluyuz.

o olsun veya olmasın ne fark eder?
her türlü devam edeceksin.
ettin...
ediyorsun da...

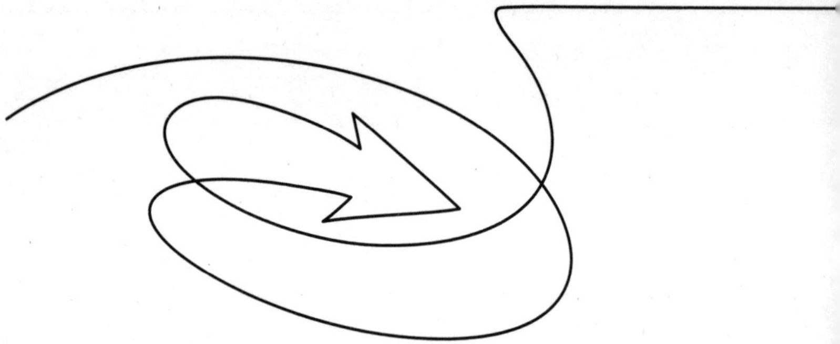

aklına gelen şey hayatına da gelir mutlaka...

gitmen gerekiyor, kalacak yeterli bir sebebin yoksa...
affetmen gerekiyor, seni geceleri uyutmayan çok şey varsa...
dinlemen gerekiyor, susmuyorsa kalbin...
kabullenmen gerekiyor, ağırlık varsa üstünde, dolduruyorsa durup dururken gözlerini...
vazgeçmen gerekiyor, huzur terk etmişse bedenini...
unutman gerekiyor, hatırlamak çare olmuyorsa...
başlaman gerekiyor, bitmişse bir şeyler...
kendin için, kalbin için...

hayatına bir türlü biri gelmiyorsa ya yanından ya da kalbinden uğurlayamadığın biri vardır...

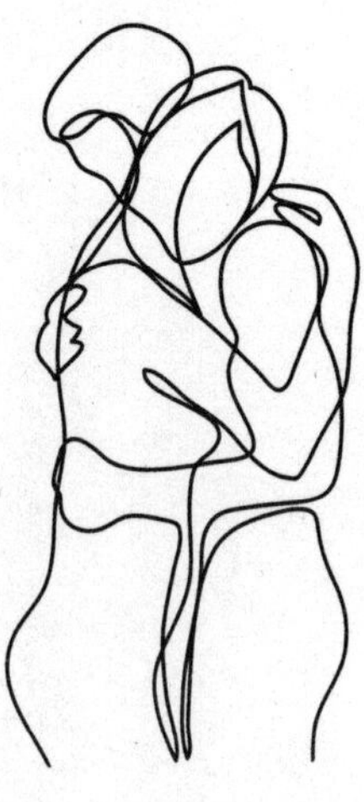

iyi şeylerin öncesi hep sancılı.
mutsuzluk yaşanmadan mutluluk gelmiyor.
hüznü bilmeden güçlü olamıyor insan.
yanlış insanlarla tanışmadan da doğru insan gelmiyor kimsenin hayatına.
bu yüzden yaşamına giren yanlış insanlara kızma.
bil ki her acının sonunda seni bekleyen bir mutluluk, her yanlış insanın arkasında "senin için" bekleyen doğru biri var...

girmeseydin hayatıma, o gün yolun yoluma düşmeseydi, kalbim kalbini gördüğünde küt küt atmasaydı, ayaklarım gitmeseydi olduğun yere, gözlerin buluşmasaydı gözlerimle, yaşanmasaydı onca acı, keder, sevinç, bilmeseydim seni, adını duymamış olsaydım, bugünkü ben olabilir miydim?
varlığına minnettarım.
artık yanımda olmasan da, birbirini tanıyan iki yabancı olsak da, bilirim ki bunlar seni hiç tanımamış olmaktan iyidir.

gel kırılan taraflarımı toparlamaya, cahil tarafımı bilgilendirmeye,
susuz, kurumuş tarafımı sulamaya gel...
gel karanlık yanımı aydınlatmaya, bana ışık olmaya, bana güneş
olmaya gel...
gel ne olur!
kötülüğümü iyileştirmeye, cehennemi cennet yapmaya, günahı
sevap yapmaya gel.
gel çok geç olmadan, daha çok insana dokunmadan gel.
beni senden başkası bulacak diye ödüm kopuyor!

çünkü insan ya korktuklarını yaşar ya da inandıklarını...
ama asla tesadüfleri yaşamaz.

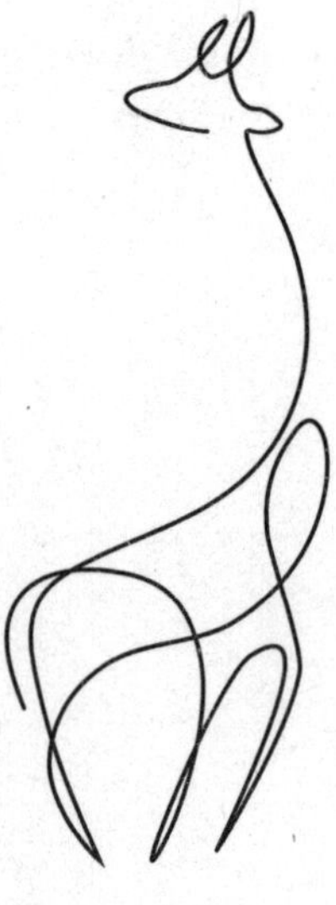

güzel şeyler isteklerinin sonucudur.
kötü şeyler korkularının.
bilmiyorsun, çünkü fark etmeden o kadar bastırıyorsun ki korkularını, "hayır, hiç korkmadım böyle bir şey yaşamaktan." diyorsun.
unutuyorsun, unutacak kadar bastırdığın için duygularını.
al, koy önüne.
yüzleş!
korkunla yüzleşince, onu bir daha asla yaşamayacaksın.

kalarak düzeltemediğin şeyler, gittiğinde düzelir.
artık gitmem gerekiyor, dedi bir ses içinden.
en sevdiği insanları uzak yerlere uğurlarken hep bu cümleyi işitirdi ama bu kez kendine söylüyordu.
çok şeye dayandı hayatı boyunca.
sevgisizliğe dayandı.
kaybetmeye, kötü kalplere, acımasızlıklara, kırılmalara...
ama anladı ki uzatmak anlamsızdı.
"gitmemeye" daha çok dayanamadı.
oturup yanında kaldıkça, değişmiyordu.
çünkü bazı şeyler değişmezdi.
ah! keşke değişselerdi, dedi yine içinden...
kabullenemediği gerçeği yüzüne vurdu hayat:
bazen gitmek gerekirdi.
eline kırılmış kalbini alıp, kapılarını o uzun zamandır gidemediğin insanın yüzüne kapatman gerekirdi.
kalbinin paramparça olması da sorun olmamalıydı, kendi kendine toplardın zaten.
yapamazsan ilk seferde, sonradan uğraşa uğraşa öğrenirdin...
hem kalarak düzeltemediği şeyler gittiğinde düzelirdi.
emindi.
bir elinde kalbi, bir elinde düşünceleri.
çıktı, gitti...

sıcağı bilmeden, soğuğu bilemezsin.
kötüyü bilmeden, iyinin değerini nasıl bileceksin?
bu yüzden önce kötüler, en son iyiler girer hayatına...
ve sen, "gitti." derken o sırada biri geliyor olacak hayatına.
sen, "güvenmiyorum." derken biri güvendirmeye gelecek seni.
"bitti." dediğinde başka bir şey başlamak için sabırsızlanacak.
ama acı çekmeden, sevincin değerini bilemiyoruz.
böyle yaratılmışız sanki.
kızma yaşadıklarına, arkasına sakladıklarını düşün.

birinde ne arıyorsan, o şey ilk önce sende olmalı.
iyilikse, sen iyi olmalısın önce.
dürüstlükse aradığın, önce sen dürüst olmalısın herkese, en çok da kendine...
hayat terazin olmalı yani.
dengesiz insanlarla karşılaştığında, kendi dengesizliklerinle de yüzleşmelisin.
belirsiz insanlarla karşılaşıyorsan, kendi belirsiz olduğun zamanları düşün.
çünkü sen neysen, karşındaki de o oluyor ve hep öyle olacak...

farkında mısın?
dün sevdiğin, bugün nefret ettiğine dönüşüyor.
dün dostum dediğin, bugün düşmanına.
sonra bir bakıyorsun, düşmanın hiç de tahmin edemediğin şekilde dostundan daha çok yanında olmuş.
emin olma kimseden.
çünkü şaşırırsın insanların yaptıklarına.
şaşırdıkça üzülürsün.
ama herkesten her şeyi beklersen, şaşırma duygunu da kaybedersin zamanla.
en önemlisi de şaşırma duygun gittikçe, üzüntülerin de beraberinde kaybolur gider.

o da anlamıştır değerini ama söylememiştir sana.
sen nasıl bazen sevdiğini söyleyemiyorsun ya, onun gibi işte.
çünkü bazı şeyler yaşanır ama söylenmez.
kalpte kalır sadece sözlere dökülmez.
yani ne sevmiyor sanıp üzül ne de özlemiyor diye yor kendini.
belki de sadece söylemiyor, söyleyemiyordur.

gittiğin yollar hep ona çıkıyorsa, doğru yoldasın demektir.
ama ne kadar uğraşırsan uğraş olmuyorsa, karanlıksa o yol,
bil ki başka bir yolda bekleyenin var.

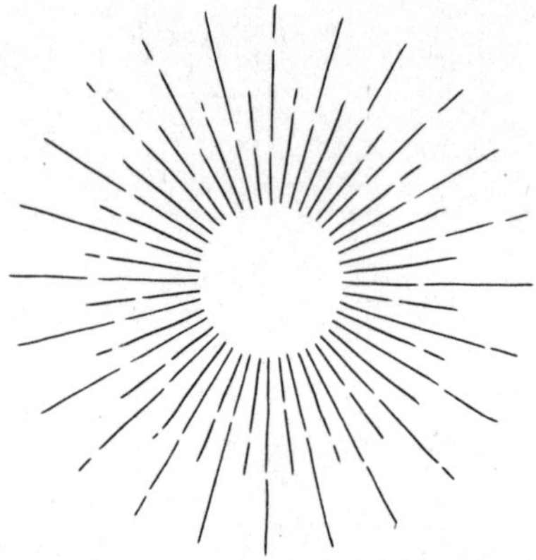

başımıza ne geliyorsa, kendimizden başka her şeye değer
vermemizden geliyor.

hiç bencil birinin mutsuz olduğunu gördün mü?
göremezsin.
çünkü benciller daima mutludur.
ve emin ol biraz bencillik kimseyi öldürmez!
hele senin gibi sürekli kendinden başkasının mutluluğunu
düşünenleri hiç öldürmez.
bırak arkadaşının, sevdiğinin derdini!
sen ne haldesin onu düşün.
herkes hayatına devam ederken, dönüp sana bakıyor mu?
senin her şeyi bırakıp onlara koştuğun gibi koşuyorlar mı sana?
en çok kendine yanlış yapıyorsun, haberin yok...
kendinden başka her şeye değer veriyorsun.
gözlerin görmese de kalbin hissediyor bunu.
yapma...

bazı aşklar var mesela, yaşanıyor ve bitiyor.
gidiyor ama o gittiğinde sen fark etmesen de daha çok yaşatıyorsun onu kalbinde.
yanında olmayınca, olduğundan daha da çok seviyorsun ilginç şekilde.
yanında olmaması kalbinde olmadığı anlamına gelmiyor.
"keşke gelseydi." diyorsun biliyorum ama olmuyor...
neden, inan ben de bilmiyorum.
gitmek, kaçmak, unutmaya çalışmak; aşkı bitirmeye yetmiyor.
sanki bazen bitirmek, insanı aşan bir şey gibi.
kilometreler kadar uzakta olsan da, başka bedenlerde dolansan da, hayatından çoktan gittiğini düşündüğün biri hiç fark etmediğin şekilde, sabah uyandığında seninle beraber kalbinde uyanabiliyor.
keşke bitirmek de "gitmek" kadar basit olsa...

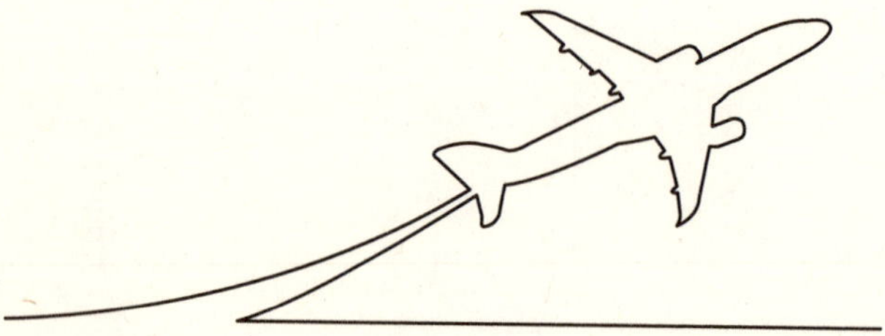

"yıllar önceydi." diyerek başlayacak cümlelerine...
bir yerlerde güneş batarken belki...
ismin hiçbir yerde geçmezken, "nereden geldi şimdi aklıma?"
diyerek hiç ummadığı anda hatırlayacak seni.
çünkü insan hem unutkan hem de her şeyi iyi hatırlayarak kendine
eziyet eden bir canlıdır.
bu yüzden unuttu sanma.
çünkü hiç kimse unutulmaz aslında.
sadece kişilerin anlamları değişir.
ve herkes mutlaka girdiği hayatlarda iz bırakır.
kişi gitse bile o iz kalmaya, kendini yaşatmaya devam eder.

bazıları zamanında sıkı sıkı ellerini tuttuğu insanların hayatından giderken birtakım duyguları kilitliyor sanki.
anahtarı da sadece onda varmış gibi bir daha o duyguyu hissedemiyorsun onun yüzünden.
hatırlıyorsun o duyguyu.
içinin kıpır kıpır oluşunu, gözlerinin gülüşünü...
ama hissedemiyorsun tekrar.
sanki o kapının anahtarı onda kalmış da gidip alman lazımmış gibi.
onu bir tek o açabilir zannediyorsun.
çoğu insanın bu yüzden yalnız olduğunu düşünüyorum.
anahtarın giden insanlarda olduğunu zannediyorlar.
ama bilmiyorlar.
sadece kapı kapalı olduğu için o duygu gelmiyor yeniden hayatlarına.
kapını açarsan, içeriye girebilirler...

üzdün.
yalan değil.
ama üzülmek sorun değil ki zaten.
herkes üzülmüyor mu?
buna katlanmıyor mu?
boş ver!
istediğin kadar yapabilirsin bunu.
hem ben sonunda ne yapar eder
bir şekilde tatlıya bağlarım kalbimi.
ama üzüldüğüne üzülmek diye bir şey var ya.
işte o kötü...
sen üzülme yeter...

insanın pişmanlık duygusunu yaşatmayacak birini bulması, üzmeyecek insanı bulmasından daha önemli.

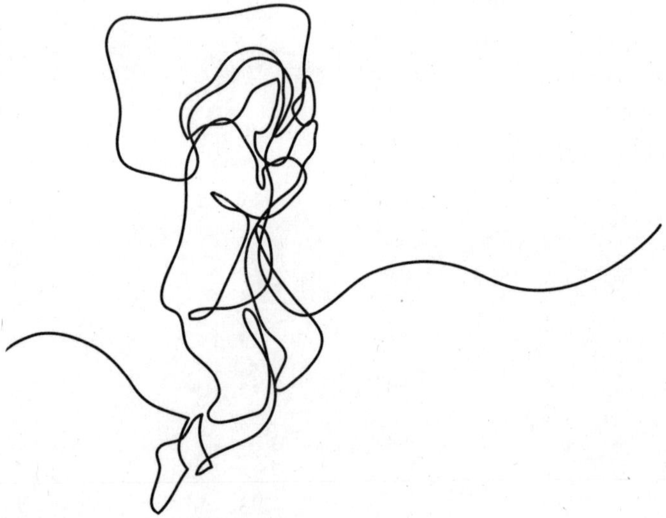

birini seveceksen, kadın gibi sev.
hangi kadın kötü sever iliklerine kadar hissedince aşkı?
"adam gibi" olmayı öğrettiler bize ama "kadın gibi" sevmeyi hiç öğretmediler.
aşağıladılar kadınlığı, "kız gibi olmayın." diyerek...
oysa kadın gibi sevince daha güzel seversin.
kadın sevince, bağlanır hücreleriyle birlikte.
korkmaz, kaçmaz, bırakmaz.
sarılır kalbiyle sevdiğinin kalbine.
adam gibi sevenlere ne oldu?
hep hüsran.
babana ve annene bak.
annen hep daha çok, daha güzel sevmiyor mu?
sana olan sevgilerine bak.
en çok annen sana hissettirmiyor mu?
bundan sonra biraz da kadın gibi sev ve kadın gibi seveni ara.

bu yaşadıklarının seni götüreceği
bir nokta var.
o noktada da seni bekleyen biri...
bu zamana kadar tüm yaşadıkların seni ona hazırlıyor.
acılarını da, onun acılarını iyi anlamak için yaşıyorsun.
başka bir şey için değil.

mutsuzlukla, huzursuzlukla ve sevgisizlikle erken tanışan insanları hep şanslı buluyorum.
çünkü bir şeyin yokluğu bilinmeden varlığı bilinemez.
hep mutlu biri, uzun zamandır mutsuz olan birinin hissettiği kadar mutluluğu derinden hissetmez mesela.
ama sevgisizliği görmüş biri, küçücük bir sevgiyle öyle bir besler ki ruhunu, hep sevgi görmüş olanlara nazaran çok daha sevgi dolu olur.
olmayan şeyler yüzünden şikâyet etme.
yokluğunu bildiğin her şeyin, varlığı da gelecek hayatına.
geldiğinde varlığının kıymetini bil diye yokluğunu yaşıyorsun sadece...

hayat geçiyor ve sen gerçekten yaşıyor musun?
nefes alıyorsun ama hayatta olmanı sağlıyor mu?
kendimden emin olmadığım gibi senden de emin değilim.
bugün ne düşündün mesela?
düşüncelerinin olduğu yerdesin hep.
bu yüzden, "bir şey mi oldu?"diye soruyorlar.
çünkü ya geçmiştesin ya da gelecekte.
hayat geçiyor, belki yarın bitecek hayatımız!
şu an bile son nefesini verdi birileri.
yapma ne olur, eziyet bu!
geçmişini bırak.
yaşandı bitti.
yaşanması gerekti.
olmaması gereken hiçbir şey senin başına gelmedi.
hepsi bir amaca hizmet etti.
ama eminim ki bunlardan hiçbiri geçmişini bu gününde yaşatman için değildi.
ne olur rahat bırak kendini!
çünkü aslında ne dün var, ne yarın.
dün çoktan bitti.
yarın olacak mı bilmiyoruz bile.
biraz geçmişsiz ve geleceksiz yaşa.
çünkü elinde şu andan başka hiçbir şey yok aslında.
mutsuzsan sebebi belli.
hadi koş, geç olmadan an'a dön.
sadece yaşa!

birini dünyaya tekrar gelmek isteyecek kadar çok sevdiniz mi hiç?
ya da birini başka bir bedende var olup onunla tekrar karşılaşmayı isteyecek kadar çok sevdiniz mi?
ben mi?
o kadar çok ki...

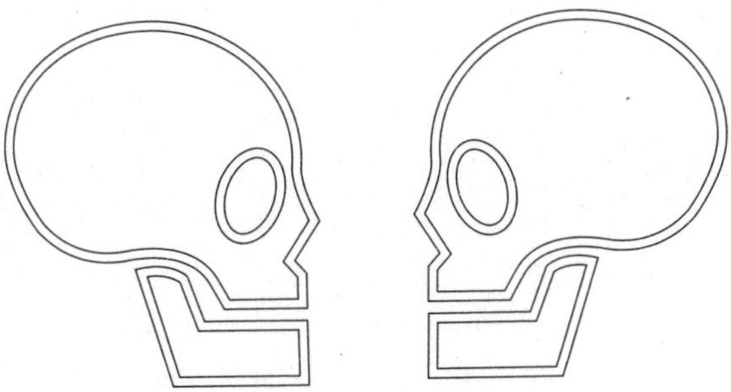

kimi sevse gidiyordu teker teker.
kime bağlansa, "sanırım şimdi buldum." dese, hayat dediğini duyuyor ve "olmaz!" der gibi uzaklaştırıyordu onu mutlu eden insanları.
halbuki o, öyle mutlu oluyordu ki birilerinin onu sevmesiyle.
"çok değerlisin." dediklerinde "öyle miyim?" diye cevap verecek kadar seviniyordu.
"seni seviyorum." dediklerinde, "gerçekten mi?" diye soracak kadar kendi benliğinin güzelliğinden habersizdi.
peki ya o sarılmalar?
nasıl güzel hissediyordu, sıcacık...
"yalnız değilim ben." diyordu onu yalnız hissettiren, ona sarılmayan tüm dünyaya karşı.
bilmiyordu, ki kendi değerini başkaları sayesinde hatırlayanlar yalnızlığa mahkûmdur.
öğrenene kadar insanlar onu terk etmeye devam edecektir.

yanlış anlama.
düzene karşıyım ben, derdim seninle değil.
ama anlamıyorum.
benimle ilgilenmen için, "iyi değilim." demem gerekiyor.
çünkü o zaman ilgileniyorsun benimle.
halbuki ben yollardaki arabaların plakalarına bakarken bile seni düşünüyorum.
anlamıyorum.
beni sevdiğini duymak için sana, "seni çok seviyorum." demem mi gerekiyor?
halbuki ben içimden ne zaman gelse o zaman sevdiğimi söylüyorum sana.
senin içinde ben hiç yok muyum acaba?
anlamıyorum.
beni terk ediyorsun.
gitmemen için, "yemin etmiştin, 'gitmeyeceğim hiç.' diye, ne oldu?" mu demem gerekiyor?
bir insanın güvenini kırmak, onu sevmiyor olmaktan daha beterdir.
bunu bilmiyor musun?

kimler gerçek aşkı yaşar biliyor musunuz?
karşısındakinin yüzüyle, bedeniyle, cüzdanıyla, arabasıyla, eviyle değil; ruhuyla ilgilenenler...
onlar farklıdır.
bu yüzden azdırlar.
ama az oldukları için de değerlidirler.
mesela onlar oturduklarında, ne giydiğinizle değil, ne konuştuğunuzla ilgilenirler.
bu yüzden dış görünüşe değil, ruha bakmayı, insanın bedenden değil, ruhtan yaratıldığını ve dış görünüşün sadece bir aldatmaca olduğunu bilirler ve öyle yaşarlar aşkı.
bu da az hissedip aşkı az yaşamalarına neden olur.
çünkü iyi giyinen gibi kolay bulunmaz iyi ruhlar ama derinden severler sevince birini...
bu insanlardan çok az var ama umarım karşılaşıp onun ruhunda kendi dünyanı bulursun...

insanlar çok kötü, değil mi?
herkes kalpsiz, vicdansız.
herkes güvenilmez, herkes yalancı...
herkes senin kötülüğünü istiyormuş gibi sanki?
herkes sen üzül diye uğraşıyor gibi...
öyle olduğunu düşünüyorsan bil ki daha çok yolun var...
çünkü hayatına çektiğin her insanı sen istedin.
ama haberin yok.
istemediğin hiçbir insan hayatına girmedi.
değişmen için kötü insanlarla karşılaştın kendi değerini bilmen için aldatıldın.
paranı paylaşmayı öğren diye parasız kaldın, düştüğün yerden kendin kalk diye terk edildin.
kendi değerini bilmediğinden kötü sözler söylediler sana.
inanmadığın güzel şeyler yüzünden inandığın kötü şeyleri yaşadın...
kimse kötülük yapmadı sana.
herkes senin için var olup girdi hayatına.
hepsi kendine yaptığın kötülükleri iyileştirmek içindi.
unutma, sen değişmeden hayatında olup bitenler değişmeyecek.

bir kere biterse, biter.
sen tekrar barışırız sandığında bile çoktan bitmiştir.
gitmek sadece ayaklarla yapılan bir eylem değildir.
kalbinden gitmişse, ayakların gitmesine gerek kalmaz ki!
bir kere biterse, biter.
sen, "hâlâ seviyorum." derken senden habersiz çoktan soğumuştur kalbin.
sen ortalık toparlanıyor zannederken, çoktan dağılmıştır her şey.
bir kere biterse, biter.
ne yaşanmışlıklar yeter yeniden başlatmaya, ne bundan sonra yaşanacaklar...
çünkü bitirmeyi göze alan, sensizliği göze almıştır çoktan.

eğer görünenin ardındakine bakmak istersen, sana yapılan kötülüklerin içinde gizlenmiş öğretileri görürsün.
ama sen insanları suçlarken hep, aslında sana kattıklarından habersizsin.
halbuki onlar olmasaydı, bugün böyle olamazdın.
istesen de olamazdın!
çünkü bazı şeyler deneyimlenmeden değiştirmez insanı.
hem sen eskisi gibi olmayı mı tercih ederdin, bugün olduğun gibi kalmayı mı?
yaşanmış her şeye teşekkür et.
iyiye bir kere, kötüye bin kere...

birini artık tanıyamamak kötü değil de çok iyi tanıdığını sandığın birinin, aslında hiç tanımadığın biri olduğu gerçeğiyle yüzleşmek çok kötü.
çünkü sonra anlıyorsun ki meğer sen onu değil, kafanda yarattığın karakteri sevmişsin.
o yarattığın karakterse, gerçek değilmiş.
sadece ona ihtiyaç duyduğundan o insanın sahteliğini gerçek sanmışsın...

hayatında düşüş olmalı ki çıkış olabilsin.
karanlık olmalı ki aydınlığa çıkabilesin.

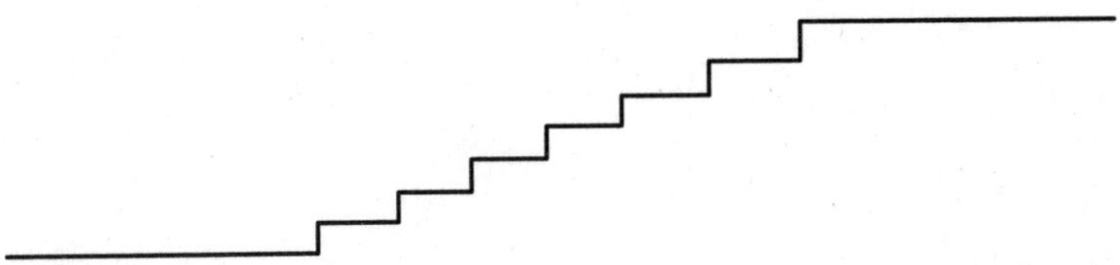

eğer seninle başkası arasında kalıyorsa ve araya giren kişiyi senden sonra tanıdıysa, çık o kişinin hayatından, başka kalplere koş. çünkü sevseydi, senden sonrası olmazdı.

keşke ben olabilsen...
ben olup, seni nasıl sevdiğimi hissedebilsen...
ama ben değilsin.
bu yüzden beni anlamıyorsun.
ve gidiyorsun...

herkes sevildiğinden emin olduğu yerlere değil, emin olamadığı yerlere gitmek istiyor.
ama sen seviyordun ve o bunu biliyordu.
seni kazanmak için uğraşmasına gerek kalmamıştı.
şimdi anlıyor musun nerede yanlış yaptığını?
onu sevdiğini her şeyden fazla hissettirdin ona...
bazı insanları kazanmak için gitmen gerekebilir.
biliyorum çok saçma...
ama aşkta ne mantıklı ki?

çocukluğumla beraber geleceğim sana.
hiç çekinmeyeceğim onu yanımda getirirken.
her şeyi anlatacağım.
hiç çekinmeyeceğim yaralarımı göstermekten.
"bak burası." diyeceğim.
"öpersen geçer, deşersen ağlarım..."
ama bileceğim senin deşmeyeceğini, aksine beni anlayacağını...
"yaralarını gösterme, en zor anında oradan vururlar." diyenlere inat, "o vurmuyor, yaralarımdan öpüyor." diyeceğim.
sonra seni dinleyeceğim.
biliyorum, sen de geldiğinde çok şey yaşamış olacaksın ama söz veriyorum, seni her halinle kabul edeceğim.
hatalarınla, kötülüklerinle, pişmanlıklarınla...
çünkü sen benim için herkes olmayacaksın.
çocukluğumu bileceksin.
çocukluklarını tanıştırmayanlar, tam anlamıyla birbirini tanıyamazlar.
bu yüzden biz başka olacağız.
seni şimdiden çok seviyorum.
çocukluğunu yanında getirmeyi unutma, olur mu?
çünkü onlar, hep bir yol bulup bizi birleştirecekler.

'*söz verdim*'lerin, '*o an için öyle demiştim*'lere...
'*seni hep seveceğim*'lerin, '*artık eskisi gibi hissetmiyorum*'lara...
'*bırakmam seni, ben herkes olmayacağım*'ların, '*olmuyor inan, çok uğraştık ama olmuyor*'lara dönüştüğünü gördüm.
kelimeler meğer ömürlükmüş.
onu da tükettiği diğer her şey gibi tüketiyormuş insanlar...
meğer sonsuz olan hiçbir şey yokmuş.
kim ne kadar çok kelimeye inanırsa, o kadar çok mutsuz oluyormuş...

akan gözyaşı kurur.
o unutamadığın, artık hatırlamadığın olur.
hayal dediklerin gözünün önüne gelir, yaşantın olur.
olmaz dersin, tanıdığın biri yabancı olur.
yabancı, birden "kalbin" olur.
dün düştüğün yer, bugün dik yürümene sebep olur.
sonra düştüğün yerin adı, "iyi ki yaşamışım." olur.
kızarak yaşarsın ama...
"neden ben?" diyen isyanların,
seni sen yapmaya vesile olur.
şimdi hayat kötü diyorsun.
bir gün aniden güzel olur,
sana tüm kötülükleri unutturur...

"o öyle biri değil." diye diye bazı insanları zorla sevmişim.
gerçeklerden kaçıp hayale sığınmışım.
ama artık anladım ki karşımızdakiler bizi değil, biz kendi kendimizi kandırıyoruz, "öyle değil." diyerek.
hepsi tam da "öyle" aslında...

bazen inandığın yalanları seversin, kişileri değil.
mesela o, "haklısın, herkes güvenilmez ama ben öyle değilim, bana güvenebilirsin." deyip kendini yüceltirken, onun da herkesten biri olduğunu bilirsin.
ama o an onu ayrıştırıp, "o farklı." yalanına inandırırsın kendini.
bazen inandığın yalanları da seversin.
mesela gideceğini bile bile seversin birini.
çünkü gideceğini söylemez ama hissedersin bir gün biteceğini.
bilerek daha çok sevmeye, gitmeyeceğini dilemeye devam edersin.
bazen inandığın yalanları seversin.
sırf biraz daha yalanına doymak için.
yalanın verdiği tatlı huzurda biraz daha yaşamak için.
bu yüzden bil, insanlar sana zarar vermiyor.
sen yalanlara inanarak yaşamayı istiyorsun.
merak etme, seni anlıyorum.
yalanlar gerçeklerden de, insanlardan da güzel çünkü...

insanın başkasına bakıp, kendini keşfetmesi bana doğru gelmedi hiçbir zaman.
çünkü başkası olmaya çalışmadan önce kendiyle tanışmalı insan.
ben toplumun öğrettiği kavramları hayatıma kabul etmeden yaşadım.
"erkekliği" futbolu bilmek değil, hayatı çözmeye çalışmak olarak gördüm mesela.
"kadınlığı" da namus değil, dürüstlük ve güçlü olmakla adlandırdım.
"kıskanmayı" sevmenin göstergesi diye düşünmeyi bırakıp, "belki de güvenilmezliğin göstergesidir." diye kodladım.
"aşkı" da sadece iki kişi arasında yaşanan bir şeyle kısıtlamayıp, onu evrendeki her şeyle yaşamayı seçtim.
çünkü birilerine göre yaşayıp, herkes gibi olmazsanız hep dışta kalıyorsunuz...
ben de herkes gibi olmadığımı, geçen gün biri, "eğer seni anlayacak birini arıyorsan işin zor." dediğinde anladım...
ve sonra düşündüm de herkesten farklı olmak da hiç matah bir şey değil.
herkes olunca daha kolay mutlu olabiliyorsun ama herkes olamayınca hep dıştasın, hep "garip"sin...

insanların birbirlerini sevmeleri için tanımaları şart mı?
bence değil.
ben seni tanımadan seviyorum.
yaratılan her şeyi seviyorum daha doğrusu.
yaratılmışsa, illa ki bir güzellik katılmıştır içine diye düşünüyorum.
biliyor musun, kafasında soru işaretleri olmayan kimseyle tanışmadım.
herkesin bir derdi ve o dertlerin üzerinde oturmuş bedenleri var...
"seni anlıyorum." demeyeceğim.
ama derdini bir ömürlükmüş gibi yaşıyorsan, sana hak vermeyeceğimi bil isterim.
çünkü şu ana kadar aynı derdi paylaşan insan görmedim.
yani şu an yaşadığın ya da yaşayacakların hep değişim halinde olacak.
çünkü sen değişiyorsun.
yaşadığın her neyse bunların sadece "dönemlik" olduğunu unutma.
o kadar iyi geliyor ki.
ben geçiciyim, derdim geçici, hayatımda olan bitenler geçici...
bunu bilerek yaşamak çok rahatlatıyor beni.
derdim o zaman dert olarak bile gözükmüyor gözüme.
büyümüyor, küçülüyor ve geçip gidiyor...

derdine iyi bak.

mutsuzluğun sonu illa ki mutluluk oluyor.
çünkü önce kaybettiğine üzülüyorsun sonra kurtulduğuna seviniyorsun.

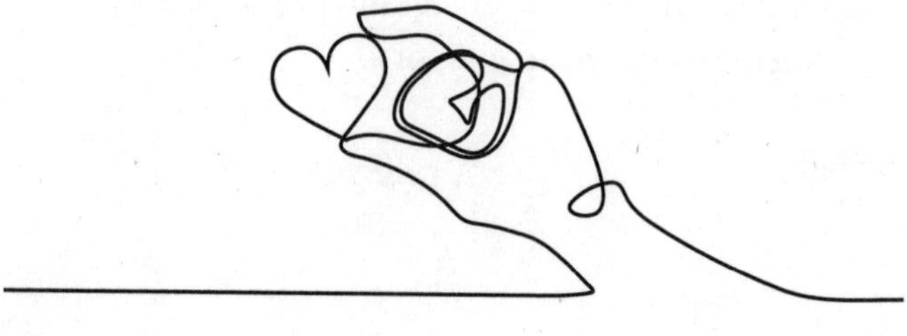

"yanlış mı yapıyorum?" diye düşünme.
sadece sana kötü hissettiren şeyler yanlıştır.
kalbini rahatsız etmeyen, geceleri uykundan çalmayan,
içini sıkmayan her şey doğrudur.
hayatta bizi içten gülümseten, içimizi titreten şeyler kolay
bulunmuyor.
ve biliyorsun ki doğru ya da yanlış diye düşünüp tartacak
kadar çok zamanımız yok...

yaşa gitsin!

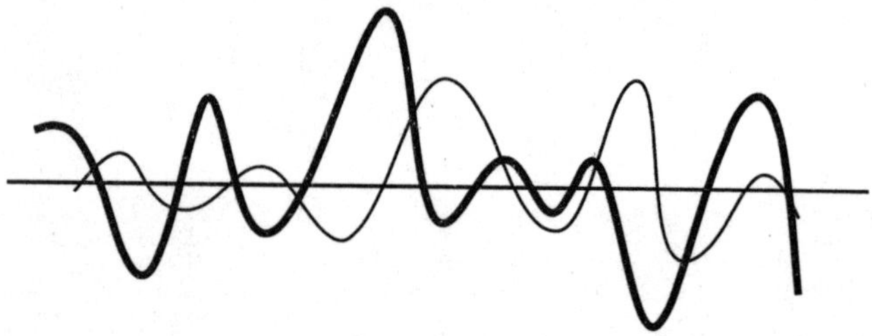

kalbini aç ve ona sor.
ondan başkası bilemez yaptığının doğru olup olmadığını...

dönüm noktalarına inanıyorum.
ve dönüm noktalarından sonra gelen mucizelere de...
bu yüzden biri bana kötü bir şey yaptığında, arkasındakini görmeye çalışıyorum.
onu hayatımdan çıkardığımda, gelecek olan iyi insanı görüyorum sonra.
ve geliyor da...
kötü günleri yaşarken de, beni hangi güzel günler için törpülediğini düşünüyorum.
bu yüzden her sabah güneş doğuyor hayatıma.
karanlıklarda kalmıyorum...

birini gerçekten tanımak istiyorsan ona kötülük yapan insanlara karşı duruşuna bak, ne kadar kötü olabildiğini görebilmek için.
kendisi hakkında ne düşündüğünü sor, ne olmak istediğini öğrenmek için.
insanlar hakkında ne düşündüğünü dinle, içinde neler barındırdığını bilmek için.
ve onu ilk tanıdığın haliyle, şu anki haline bak; onu tanıyıp tanımadığını anlayabilmek için...

beni sevdiğini belli etmeyeceksen sevme.
beni seveceksen uzaktan da sevme.
çünkü ikisini de yaşadım ve bir faydasını görmedim.
sevdiğimi söylemediğimde ne oldu biliyor musun?
hep sevdiğini en çok belli edip, en cesaretli davrananlar kazandı.
mesela ben, "seviyorum." demedim ama dünyasını, dünyam yapmak istedim.
anlamadı.
"seviyorum" kelimesinin geçmediği cümlelerim ve tavırlarım hep kaybetti.
"ben seni ondan daha çok seviyordum." demekle kaldım tek başıma.
uzaktan sevdiğinde ne oldu diye soracak olursan, onda da hep sevdiklerimi başkalarıyla izledim.
kendime eziyet ettim.
başkalarıyla görmeye dayanmanın eziyeti, "seni sevmiyorum." cümlesini kulaklarınla duymaktan beterdir.
görmek, duymaktan çok daha fazla acıtır.
bana öyle oldu.
eğer seviyorsan, söyle.
geç kalmadan...
çünkü hiç kimsenin uzaktan sevmeleri anlayacak kadar zamanı ve belli edilmeyen sevgileri görmeye niyeti yok...

sevmenin dereceleri var, biliyorum.
"yanındaysa sevmeye devam et ama değilse bırak."
"gitti mi? o zaman unut." gibi.
benim böyle sınırlarım yok.
çünkü seni sevmek için yanımda olmana bile ihtiyaç
duymuyorum.

yanlış yaşıyorsun.
korka korka seviyorsun birini.
öyle seveceksen hiç sevme.
sonu korktuğun gibi olacak çünkü.
ben artık korkmadan yaşıyorum hayatı.
yarını hesaba katmadan seviyorum birini.
sadece o anın güzelliğinde kalarak seviyorum.
sen de, "yarın yanımda kalır umarım." diye endişeyle değil, sadece şu an yanında oluşunun güzelliğinin tadına vararak sev.
elini tutarken, "bir gün bırakmazsın değil mi?" diye sorma mesela.
"herkes gidiyor, sen de gitmezsin umarım." deme!
getirme aklına böyle şeyleri.
bir bakarsın, gitmesinden korktuğun ilk gidenlerden olmuş.
sevgisinin biteceğinden korktuğun, senden ilk nefret edenlerden...
yapma!
çünkü hayatını sen şekillendiriyorsun.
ve korktuklarını değil, güzel şeyleri yaşamayı hak ediyorsun.

küsme hayata.
yorgun düşme.
pes etme.
bırakma hayal kurmayı.
yaşadığın hayatın kötü başlaması veya kötü gitmesi, hikâyenin mutlu sonla bitmesini engelleyemez.

her şeyin cevabı var ya da hiçbir şeyin cevabı yok.
bazen her şey çok anlamlı, bazense hiçbir şeyin anlamı yok.
bazen birinin gözünde en değerli, en yüce insanken, bazen bir ölüden farkın yok.
sonra bir bakıyorsun, başkası da senin yanında, derdine ortak, seninle ağlıyor.
başka bir derdinde bakıyorsun, kendinden başka kimsen yok.
kendini çözmeye çalıştıkça öğreniyorsun ki, çözebildiğin hiçbir şey yok.
hatta çözmene gerek de yok.
neden dersen, kendini tamamen çözmen için yeterli zamanın yok.
hem zaten yaşam dediğin şey, yaşamak için sana verilmiş en büyük hediye.
belki de en büyük günahı işleyerek zamanını sürekli düşünmekle ziyan ediyorsun.
etme...
inan bana, buna lüzum yok!

sevdiğini söylemesini bekleme, göstermesini iste.
çünkü birini tanımak istiyorsan, sana neler dediğiyle değil, neler yaptığıyla ilgilenmen gerek.

insan uyusa da vicdanı uyumaz, gözleri kapansa da kalbi kapanmaz...
o ne kadar unutmaya çalışırsa çalışsın, bir yerden karşısına çıkar yaptığının yanlışlığı.
biri kötü bir söz söylediğinde ya da nedensiz yere hayatından gittiğinde, o zaman hatırlar yaptığını...
diyeceğim o ki; biri sana yanlış yaptığında korkma, hiçbir şey olmamış gibi davranmasına kızma.
bilemezsin içinin nasıl sızladığını, geceleri uyuyabilmek için hangi duaları ettiğini...
sen de dışarıdan hep mutlu gibisin...
ama içindekileri bir tek sen biliyorsun.
değil mi?

biraz konuşmak istiyorum seninle.
etrafındakileri suçlayıp duruyorsun ya uzun zamandır; onlar aslında yoklar, sadece zihnindeler.
senin düşündüğün kadar varlar.
tıpkı dünya gibi...
o da sen yaşadığın sürece var.
insanları suçlama.
seni, senden başka üzen hiç kimse yok hayatında.
hep kendinlesin.
her şeyi büyüten senin zihnin...
sana nasıl baktıklarını şekillendiren sensin.
sen kendine nasıl bakıyorsun?
iyiliğinin mi farkındasın, kötülüğünün mü?
hangisini büyütürsen sende onu görecekler.
çünkü insanlar sen nasıl istersen öyle bakıyorlar.
kendine bunu neden yapıyorsun, yazık değil mi?
kalbin yorulmadı mı?
bu yüzden bazen kalbin ağrıyor işte.
bu yüzden bazen gözlerin durup dururken dolu dolu oluyor.
kendini üzmekten sıkılmadın mı?
dışarıda şekillenen dünyanın, bilinçaltının bir yansıması olduğunun hâlâ farkında değil misin?
neden uyanmıyorsun?
uyan artık!
kâbus görmekten sıkılmadın mı?

onun hayatında senden daha güzeli de var, daha zekisi de...
senden havalısı da dışarıda, senden daha zengini de...
ama sen birini sevdiğinde diğer insanlar ölmüş gibi olmuyor mu gözünde?
ondan daha zekisi, daha güzeli, daha havalısı hayatında olsa bile gözün onları görüyor mu?
yaşadığın yerin nüfusu tek kişiye düşmüyor mu?
sevmeyi bilmeyenleri sevme.
çünkü sevmek öğretilebilen bir şey değil.
ama bil ki, sevmeyi bilmeyenlerden vazgeçmek tamamen senin elinde...

en sevdiğin şarkı olmak istiyorum.
telefonunda olmak, kulaklarında yaşamak...
sürekli sesimi sana dinletebiliyor olmanın güzelliğinde, senin de bana eşlik edişini dinlemek istiyorum ki sesin sesime karışsın...
en sevdiğin film olmak istiyorum mesela, dışarıda birileri sana favori filmini sorduğunda, aklına düşmek istiyorum.
ya da en güvendiğin arkadaşın olmak istiyorum; başına kötü bir şey geldiğinde ilk beni aramanı ve "gelebilir misin?" diye sorduğun zaman hiç düşünmeden gelen olmayı...
birbirimize sahip olduğumuz için sımsıkı sarılmayı istiyorum sana.
ailen olmak istiyorum bazen.
silmeye çalışsan da hiç kurtulamayacağın...
özlediğin herhangi bir sevgilin olmak istiyorum.
hayatına kim girerse girsin, biliyorum senin de var özlediğin biri.
işte o olmak istiyorum birden, başkasıyla olsan bile aklında olmayı, öyle özel, derininde olmayı...
"bir şeyin" olursam, hep eksik kalacakmışım gibi geliyor...
ama "her şeyin" olmak da mümkün değil...
anlıyor musun?
seni sevmek, sevmenin ötesinde bir şey...

terk mi edildin?
hemen yerine bir şey koy!
şarkı dinle, kitap oku, birine kollarını aç...
artık seni sevmiyor mu?
koş, başka birini sev!
yok istemiyorum, birini de bulamıyorum diyorsan, çiçeği sev mesela, doğayı, denizi, sanatı sev.
ama en önemlisi biraz da kendine dön, kendini sev.
insan kaybettiği şeylerin yerini doldurmayı bilmediği için, kendini unuttuğu için mutsuz...

iki şeyi asla yapmamaya çalış:
değişir umuduyla birine vakit harcamayı, eskisi gibi olur umuduyla çoktan bitmiş bir şeyi başlatmayı...
çünkü genelde kimse değişmiyor ve biten hiçbir şey bir daha eskisi gibi olmuyor.

sevildiğini duyduğunda kulaklarını açarak dinliyorsun.
"bir daha söyle!" demek istiyorsun.
kimin söylediğinin önemi yok.
yeter ki duy!
yeter ki kulakların sarılsın o kelimelere.
dünyan güzelleşiyor.
gökyüzüne bakıyorsun, parlıyor.
aynaya bakıyorsun, yansıman gülümsüyor.
bazen o kadar açsın ki sevgiye...
herkesin peşinden gitmek istiyorsun.
ufacık sevene, sevdiğini belli edene...
ama unutma, senin açlığını bildiği için seni doyurmak isteyen çok olacak ve lütfen dikkat et.
çünkü gitmişse senin sevgine toktur artık.
ama gitmemişse, sana doyamayacak kadar çok seviyordur seni.
gitmeyeceklere rastlaman dileğiyle...

sevildiğini hissetmiyorsan zorlama.
hissetmek sözle olacak bir şey değildir.
gerçek olsaydı zaten hissederdin...

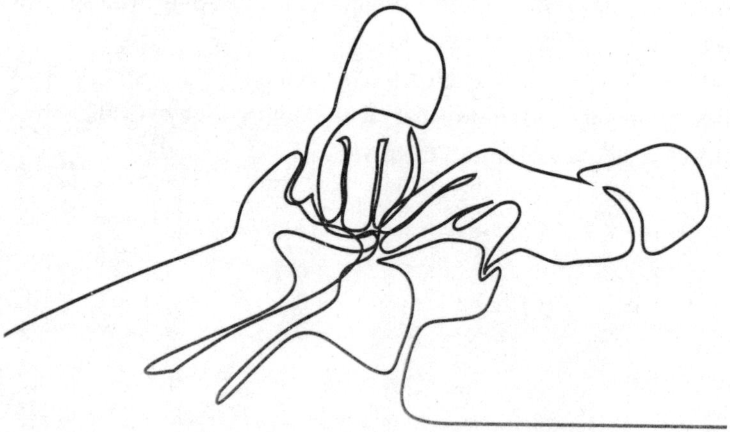

aşk gelip geçici...
"çok âşık oldum!" cümlesi mesela kısa ömürlü...
on gün, bilemedin bir ay sürüyor etkisi.
hem ben, bana ilk görüşte âşık olmanı da beklemiyorum.
öyle bir umudum yok.
insan değişik bir varlık.
dışı aldatmaca, içi kocaman bir dünya...
sen bana çok âşık olma ama hep çok sev beni.
ben içimi bil, dünyamı sev istiyorum.
çünkü aşk gelip geçiyor ama sevmek dediğin birbirinin gözlerine
her baktığında daha da çok artan bir şey...

gerçekten istediğin hayatı mı yaşıyorsun yoksa onların istediklerini mi?
ne kadar dinliyorsun içindeki sesi?
"sus!" mu diyorsun düşüncelerine, öldürüyor musun onları?
yoksa doya doya nefes almalarına izin mi veriyorsun?
kurduğun hayalinin gerçekleşmesi için mi uğraşıyorsun, yoksa "sen bunu yap." dedikleri bir hayalin peşinde misin?
birini unutmak için başka birini kullanarak, onu sevmeye mi çalışıyorsun?
yoksa gerçekten iliklerine kadar sevdiğin biriyle misin?
cevap ver...
ben değil ama "kendin" senden cevap bekliyor.
hep başkalarını suçluyorsun.
anlamıyorlar.
sana "bir" hayat verildi ve "bir" gün gülerek hatırlanan, bu dünyadan geçip gidenlerden "biri" olacaksın sadece.
ne yarın ölecekmişsin gibi ne de uzun yılların varmış gibi yaşa.
kendine iyi bak.

tesadüf değil, kimse hayatına boşu boşuna girmez.
kaderin değil, kaderin olsa sen göndersen bile o yine de gitmez.

bazı insanlar sadece bir süreliğine yerleşiyorlar hayatımıza.
biz hep kalmak için onların kalbine giriyoruz ama öyle olmuyor.
zamanları doluyor sanki.
"şimdi gitme vakti" gibi bir kural varmış da ona uymaları gerekiyormuş gibi.
kavga sadece vesile oluyor bir şeylerin noktalanmasına.
ve sonra, "senin onun hayatında işin bitti." der gibi biri çıkarıp alıyor sanki onu hayatımızdan...
ama kızmıyorum, kızamıyorum.
çünkü hayatımıza giren insanlar ne kötülüğümüz için geliyor ne de bu yüzden gidiyor...

aslında her elvedanın sonunda insanı başka bir mutluluk bekler.

insanlar birbirlerinin dışlarıyla ilgilenmekten, içlerinde ne taşıyor olduklarından bihaberler.
ilk önce içine bak, sonra dışına.

karşındaki insanı olduğu gibi görmeyi reddedip, olmasını istediğin gibi görmeye başladığında adı aşk dedikleri şeyi yaşadığını zannediyorsun.
maviyi çok mu seviyor mesela?
bundan sonra dünyanın en güzel rengi mavi...
slow müzikten nefret ettiğini mi söyledi?
evet doğru, sen de çok sevmezdin zaten, içini sıkardı.
senin istediğin yere gitmek istemiyor, başka yer mi öneriyor?
tamam, değişiklik sana da iyi gelir zaten!
birden ona benzemeye başlıyorsun.
sonra onda kendini bulmaya çalışıyorsun.
iyi kalpli olmasını diledikçe, dilenciye para vermesi onu senin için dünyanın en temiz insanı yapıyor.
kötülükler yapmaya başlıyor sonra.
"onun içini biliyorum ben, o kötü niyetle yapmıyor." diyorsun insanlara.
onun haksızlığını savunmaya başlıyorsun.
insanlara kötü gelen şeyler, senin için kötülük olmuyor, olamıyor.
o kötülük yapamaz ki!
seni koynunda uyuttu, hep insanların onu üzdüğünü anlattı.
nasıl kötü olsun?
aptallaşıyorsun işte, aptalın teki haline geliyorsun...
ben de kendimi kandırdığımı ve âşık olduğumu gözümdeki o perdeyi kaldırınca anladım...
ama o perde çok zor kalkıyor.
meğer senin âşık olduğun kişiyle, onun gerçekte olduğu kişi aynı değilmiş.
meğer sen yarattığın birini sevmişsin, onu değil...

birinden uzaklaşırken aynı anda başkasına yaklaşıyorsun.
ya uzaklaştığına üzüldüğün kötü, yaklaştığın çok daha iyiyse?

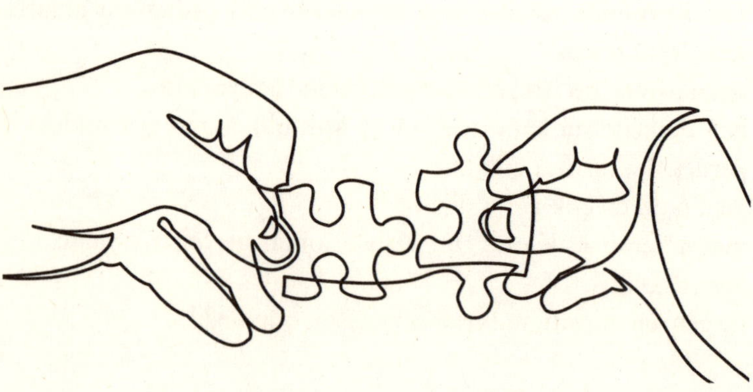

başkalarının, "gerçekleşmesi imkânsız" dediği şeyler sadece onların zihinlerine göre imkânsızdır.
hadi bir değişiklik yap!
insanları değil de kendini dinle biraz.
"imkânsız." diyorsan hayallerine, inancını sorgula.

sanki derinine inersem boğulacakmışım gibi...
bu yüzden senden uzak duruyorum.
bazı şeylerin sevip sevmemekle alakası yokmuş.
bugünlerde bunu daha iyi anlıyorum.
bu belki eskiden çok derin sularda yüzdüğümden, belki de artık boğulmak istemediğimden...

kimi artık tanıyamadığını düşünüyorsan asıl şimdi tanımaya başlıyorsun demektir.
çünkü insanlar ilk önce iyi özelliklerini, en son gerçek yüzlerini gösterirler.

ya seni hiç tanımamış olsaydım?
bensiz olsa da yaşadığını bilmek güzel...

hem hayatının ortasında olmak istiyorum hem de büsbütün dışında.
bazen gözlerime bak, herkese beni sevdiğini söyle istiyorum;
bazen seni silip hayatıma devam etmek geliyor içimden...
bazen aslında kalabalıklar içinde ne kadar yalnız olduğunun ve
bana ne kadar ihtiyaç duyduğunun farkına varıyorum.
hatta bu yüzden o kadar hayatında olmak istiyorum ki neredeyse
üstüne giyeceğin şeyi bile ben giydirmek istiyorum.
diğer günse hayatında hiçbir zaman benim yokluğumu çekmediğin geliyor aklıma, yolundan çekilmek istiyorum.
bazen beni sevdiğine inandırmak istiyorum kendimi.
sözlerini hatırlıyorum, dediklerini tekrarlıyorum.
diğer günse, dediklerinle yaptıklarının bir olmadığını görüyorum.
ve istemeye istemeye senden gidiyorum.
istemeden senden gitmek ne demek bilir misin?
işte öyle gidiyorum.

eğer hayatında aynı şeyler kendini tekrarlıyorsa o olaya yüklediğin anlama bak.
eğer karşındakini ya da kendini olduğu gibi kabul edemiyorsan, olay kabullenmen için kendini tekrar ediyor olabilir.

hayatlarımızdaki çoğu sorunun bir şeyleri kabullenememe durumundan ortaya çıktığını düşünüyorum.
aldatıldık diyelim, "o da böyle biriymiş, bana uygun değilmiş demek ki, yolu açık olsun." diyemiyoruz.
onun yerine bizi aldatan kişiye küfürler edip, ona dünyayı dar etmenin peşine düşüyoruz.
ya sonra?
tekrar aldatılıyoruz!
çünkü öncekini kabullenmediğimiz için, benzer kişiyi tekrar kendimize çekiyoruz.
bence hayat bize diyor ki, "insanları olduğu gibi kabullen, çünkü hepsi aynı olamaz."
diyeceğim şu ki; sorunlarınıza bakın, eğer tekrar ediyorsa kendinize sorun, neyi kabul edemiyorsunuz?

meğer vazgeçmek tek başına yapılan bir eylem değilmiş.
vazgeçmek, karşındakinin seni mecbur bıraktığıymış.

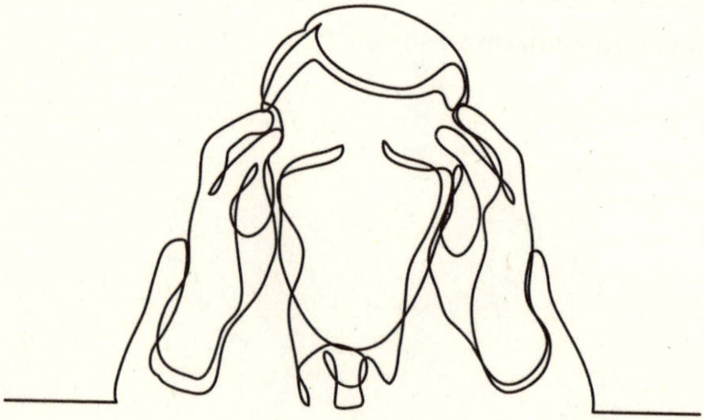

bence birini seviyorsan onu dünyan yapmalısın.
bir yerde müzik dinlerken aklına düşmeli aniden.
çalan şarkı olup daha içten söyletmeli, melodisiyle sevişmeli.
bence birini seviyorsan onu dünyan yapmalısın.
işler kötü gittiğinde ve onu aradığında, telefonu kapar kapamaz
yanında biteceğini bilmelisin.
o güveni vermeli.
sana dünyanda huzurlu hissettirmeli.
bence birini seviyorsan onu dünyan yapmalısın.
kusurlarını da görmelisin.
o kusuru sevmeli, orayı da öpmelisin.
bence birini seviyorsan onu dünyan yapmalısın.
ve dünyan gibi sevmelisin.
öbür türlü, dünya dediğin hiç çekilmez ki...

güzel sevmek de öğretilmeli bence.
"birine seni seviyorum diyorsan bu ona kalbini vermek gibidir, oraya başkasını koymamaktır.
sevdiğini gerçekten hissediyorsan söyle,
hissetmiyorsan söyleme!" denmeli.
"birine sensiz olamam diyorsan, ayrılıktan kısa süre sonra başka birinin kollarına atılma acizliğinde bulunmaman gerekir, tutamayacağın sözü verme!" denmeli.
çünkü başka birinin kollarına atacaksan da at kendini ama bil ki dışarıdan görünen sadece bedenden bedene koşan, kendini yeterince sevmeyi bilmediği için başkasının ilgisine ve sevgisine aç bir ruhtan ibaret.
hem güzel sevmeyi bilmedikçe güzel sevilemeyeceksin de hiçbir zaman.
çünkü güzel sevenler acısıyla tatlısıyla severler.
ayrılık geldiğinde acıyı da derinde yaşarlar.
çünkü o da bir duygudur ve tadılması gerekir.
acı da yaşanmak için gelmiştir.
başka birinin koynunda hafifletilmesi gerekmez.
güzel sev.
öğren sevmeyi.
çünkü güzel seversen eninde sonunda mutlu olursun kimseyi kırmadığın için...
ama güzel sevmeyi öğrenmedikçe kimsenin de seni güzel sevmesini bekleme.
sevmeyecek çünkü.

ateş dokununca canını yakar ama aydınlatır ya etrafını...
bana hissettirdiklerini buna benzetiyorum.

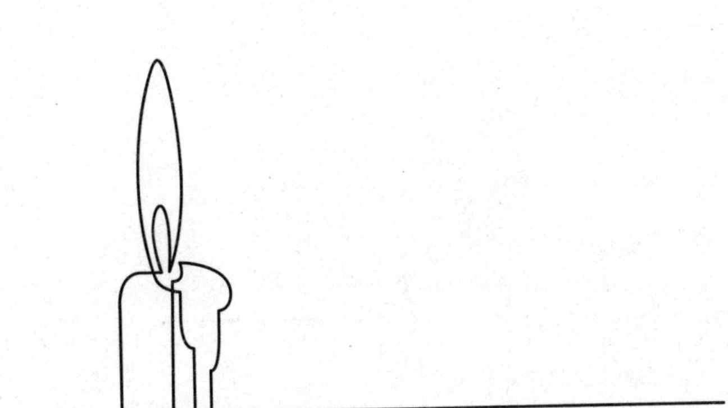

insan bir şeyi yapmayacağını ne kadar çok söylerse, o şeyi yapmaya o kadar eğilimlidir aslında...

insan büyüdükçe kalbi küçülür mü?
daha mı zor gelir artık sevmek?
daha mı zor âşık olur bir başkasına?
söylesene, bu hiç sevilmeyenlere haksızlık değil mi?
koca adam ya da koca kadın olup bir kalbe yerleşemeyenler ne yapacak?
büyümek istemiyorum!
büyümemek için ne yapmak gerekiyor?
çok istersem beni fazla büyümeden kalbine alır mısın?
ya beni hemen sev ya da ne olur bırak.
ben sevilene kadar hiç büyümeyeyim.

sevdiğin kişi girdiğin günaha değmeli.
pişmanlık vicdanını sızlatırken, aşkın onu yenmeli.
sevdiğin kişi verdiğin değere değmeli.
insanlara anlatırken, anlattığın zevkle dinlenmeli.
insanlar onun seni nasıl üzdüğünü değil, seni nasıl sevdiğini görmeli.
sevdiğin kişi ona ayırdığın zamana değmeli.
en güzel yaşlarını almalı belki senden ama günün sonunda sana, "iyi ki!" dedirtmeli.
sevdiğin kişi dünyanın geri kalanını unutmana değmeli.
"onunla olan mutsuzluğu, başkasıyla yaşayabileceğim aşklara, mutluluklara değişmem." dedirtmeli.
sevdiğine değmiyor mu?
o zaman hayatından çıkarmana değer.

kırgınlık kalıcıyken, kızgınlık geçicidir...
kızgınlık yerini tekrar sevgiye bırakırken, kırgınlık içinde hiçbir cümle barındırmaz.
sadece suskunluktan ibarettir ve zamanla karşındakine beslediğin tüm iyi duyguları alıp götürür senden…

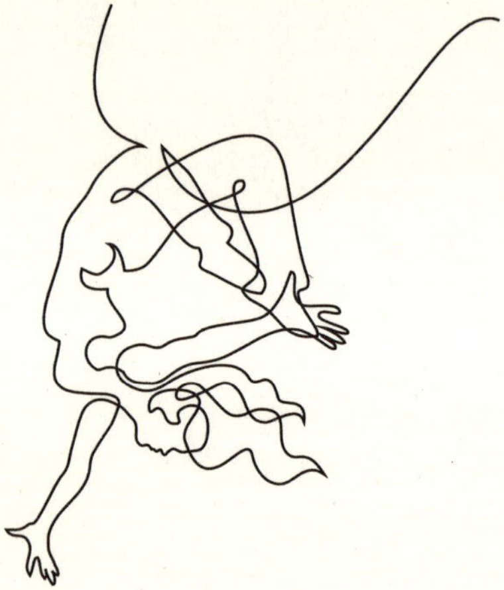

herkesin hayatında onların görmek istediği kişiyim.
bu yüzden herkes için farklı biriyim.

sen hiç ben olup seni sevmedin ki...
bilmiyorsun benim dünyamdaki yerini.
herkes silikken senin nasıl parladığını,
ellerimin ellerini nasıl aradığını,
seni gördüğümde kalbimin nasıl gülümsediğini,
herkesten kaçarken ayaklarımın sana nasıl koştuğunu,
herkese dönerken sırtımı, sana nasıl kollarımı açtığımı...
sen hiç ben olup seni sevmedin ki...
seni sevmenin bana tüm dertlerimi unutturduğu gerçeğiyle
tanışmadın ki...
sen hiç ben olup özlemedin ki kendini...
gözlerin seni gördüğünde büyümedi ki hiç...
seni daha çok tanımak, daha çok dinlemek, daha çok öpmek
istemek nedir bilmiyorsun ki...
sence birinin gözünde değerli olmadığını bilerek sevmek nedir?
sen hiç benim kalbimden seni sevmedin ki...
keşke ben olsaydın ve seni sevseydin.
o zaman seni sevmenin ne kadar zor, vazgeçmeninse tek çarem
olduğunu anlardın...

anladım ki ego denilen şey duygularını yaşamana bile izin vermiyormuş, engel oluyormuş sana.
halbuki bir duygu girmişse kanına sonuna kadar yaşanmalı.
karşındakini yok sayıp sadece duygunun güzelliğiyle sarhoş etmeli insan kendini,
bu birinin seni sevmesinden bile güzel...

gerçekten seven için başka bir yol yoktur.
gideceği yol ne olursa olsun, yolun sonunda yine seni bulur,
o yol yine sana çıkar.
bekleme.
seviyorsa, gelir.
gelmiyorsa, gittiği yolda sen yoksun demektir.

çok istemek ile çok inanmak birbirinden ne kadar da farklı...

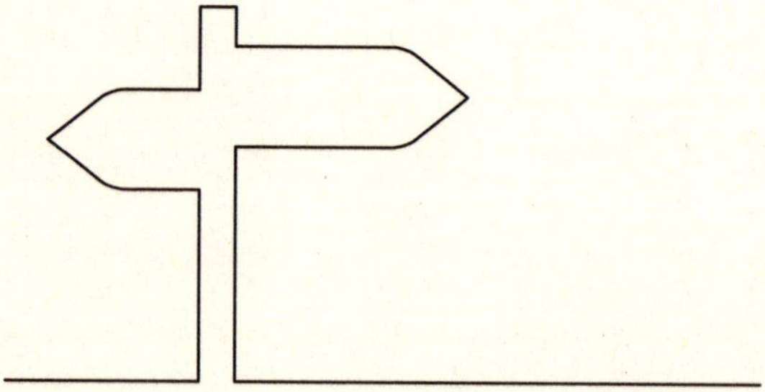

"kadın ya da erkeğe doymuş birini bul." derler ya...
artık bunlar komik geliyor bana.
çünkü ruhların doyuma ulaşması için bedenden bedene seyahat etmek zorunda olduklarını düşünmüyorum.
ilişkileri yaşarken tecrübeli olmak gerektiğine de inanmıyorum.
çok insanla beraber olmuş olmak her zaman çok şey deneyimlemek demek değil.
deneyimlemek isterken tüketmiş olmayasın?
günümüzdeki çoğu insanın aşkı çıkarlara ve beklentilere göre yaşamasından o kadar sıkıldım ki, sevecek insan bulamıyorum.
dedim ya, "bir şeylere doymuş insan bulun." deyip duruyorlar.
bence ne var, biliyor musunuz?
sadece birine doymak, birini merak etmek, birinin ruhunu keşfe çıkıp sadece birinin bedeninde seyahat etmek istemek diye bir şey var.
bulursan şanslı say kendini!
bulamazsan da yalnız kal daha iyi.

sevgine karşılık almadığında vazgeçme.
yarın ne olacağını bilemezsin.
ama hissettiğin sevginin değeri bilinmezse öldür hislerini.
çünkü senin sevginin değerini bilmeyen, senin değerini hiç bilmez.

bana, "sen öyle birini sevemezsin." dediler.
"yapamazsın onunla, sana göre değil."
hak verdim.
"doğru söylüyorsunuz, yapamam onunla."
ama ne oldu?
sevdim!
"asla öyle bir şey yapmam, biliyorum kendimi." dedim.
koşarak yaptım.
severek yaptım.
insan sevmeden ne çok şey konuşuyor, deneyimlemeden ne çok şey zannediyor kendini.
ne garip değil mi?
aklımın ucundan geçmeyen şey kalbimin içinde...
aklım almadı ama kalbim aldı seni.
"aşk ile nefret iç içedir." dediler, "sanmam." dedim.
bir de baktım en sevmediğim özellikleri bana sevdiren, en keyifli anımda canımı sıkıp, en mutsuz anımı güzelleştiren, değersizleştiren, hiçleştiren sen, aynı zamanda dünyadaki en değerli şeymişim gibi hissettiren de sen...
beni çok sev ya da hiç sevme.
ne fark eder?
bunların hepsi aşk zaten...

önce aradığı gibi biri olmalı insan.
başkasında istediklerini kendinde barındırmadan, karşındaki istediğin gibi olmuyor.

çok sevdiğim insanlar arkalarını dönüp beni hayatlarından çıkardıklarında içimden sessizce hep, "başkasını nasıl yeniden seveceğim?" diye soruyordum kendime.
ardından da, "peki bir daha beni seveni nasıl bulacağım?"
bu his o kadar canımı sıkıyordu ki sanki dünyada bir tek ben ve o varmış gibi hissettiriyordu bana.
o gidince yalnız kalacağımı düşünüyordum.
birini sevince aptal âşık oluyordum.
bu yüzden senelerimi sevilmeme korkusuyla geçirdim.
küçük de olsa sevgisini gördüğüm kim varsa düştüm peşine.
biraz daha sevgi göstermesi için âşığı oldum küçücük sevgilerin.
"ne olur bir daha göster, son kez!" der gibi beni sevmeyenlerden bile sevgi görmek için uğraştığım oldu.
aklım ve kalbim küçüldü.
ben küçüldüm ama sonra uyandım.
baktım ki herkesi farklı sevmişim ben.
birinin eğlencesini sevmişim, birinin konuşmasını, birinin beni sevişini, bana sarılışını, diğerininse olmayışını, olamayışını...
ama diyorum ya, herkesi sevebilmişim, birbirinden özel, birbirinden farklı sevebilmişim, sevmeyi başarabilmişim.
daha da güzeli, sevilebilmişim.
kendime ettiğim bu eziyetten uyanabildiğim için rahatlıkla yazabiliyorum şu an bu yazıyı sana.
çünkü ne zaman kendine eziyet etmeyi bırakırsan, o zaman sevebiliyorsun, sevilebiliyorsun.
yani sen de benim gibiysen korkma bu kadar.
inan bu, o kadar yalandan bir korku ki...
çünkü tekrar seveceksin de sevileceksin de...
yeter ki izin ver buna.
çünkü sana senden başka engel olan yok.

eğer yüreğinde elinden geleni yapmış olmanın rahatlığı varsa,
bundan sonra sadece olması gereken olur.
olsun ya da olmasın fark etmez.
gerçekleşecek olan her neyse senin iyiliğine olan o'dur.

ben varsam, biliyorum ki sen de varsın.
ben neysem, biliyorum ki sen de o'sun.
aşk narsistlik işi zaten.
oysa ben seni, senden dolayı sevmek istiyorum...
iyi ya da kötü tüm özelliklerinle...
ve şimdi daha yakınım sana.
insanlar gittikçe, hayat yanımda istediklerimi benden uzağa
koyunca, biliyorum ki sana daha çok yaklaşıyorum.
umarım sana az kalmıştır.
dünyanda olmak için sabırsızlanıyorum...

hayatı yaşayamıyorsan başkasını değil, kendini kaybettiğin için aslında...

sevgisizlik nedir bilir misin?
çok derininde bir yerdedir o.
kendinden kaçarken kapattığın kapıların arkasındadır belki...
sende yok zannettiğinde bile vardır içinde bir yerlerde.
"kimseye ihtiyacım yok." diyenlerin birine en çok ihtiyaç duyanlardan olacağını göreceksin zamanla...
"sensiz de yaparım." diyenlerin sensizlikte boğulduğunu, en çok korktuğu şeyin sensizlik olduğunu göreceksin.
"kendimden başka kimseye güvenmeye ihtiyacım yok." diyenlerin, güvenmek için bedenden bedene, insandan insana koştuğunu göreceksin.
ve sen de diyeceksin bunları.
kendi dediğin başka, gözyaşlarının adı başka olduğunda tanışacaksın kendinle...
çünkü tüm dertler farklıdır ama hepsi toplanır, bir şeyin altında birleşir:
"sevgisizlik."
bulamıyorsun ya nedenini, "neden bu kadar kafama takıyorum?", "neden bu kadar çok istiyorum?", "neden tek derdim bu?" diyorsun ya...
bil ki sevgisizlikten hepsi...
tanımıyorum seni, kim olduğunu bilmiyorum ama seni seviyorum.
derdimiz benzediği için, sen bilmesen de derdimiz aynı noktada buluştuğu için seviyorum.
ve bilmeni istiyorum ki, şifan sevgide.
başka yerde arama.

kendi sesinden başka bir sesi duyamayan birini sevme.
çünkü o ne hatasını görür ne de yanlışını.
ziyan olursun.

hayatına giren herkes bir görev üstlenip giriyor hayatına.
fark ettiysen kimi sana seni hatırlatıyor, kimi kendinden kaçtığın yerini gösteriyor, kimi hayatın güzelliğini, kimi acımasızlığını anlatıyor sana.
ve herkesin bir vakti olduğu için, vaktinden önce girmiyor kimse hayatına.
senin, zamanından önce dünyaya gelmemen gibi onlar da zamanını bekleyip öyle çıkıyorlar ortaya...
ve vakitleri dolduğunda da ya sudan sebepten ya da haklı bir gerekçeden dolayı gidiyorlar.
senin de bir gün nedeni ne olursa olsun birinin hayatından gideceğin gibi...
sen, "gitme." desen de vakti dolmuş şeylerin önüne geçemiyorsun.
ve iyi ki de geçemiyorsun.
çünkü vakti dolmuş birini hayatında tutmaya çalıştığında, sadece kendine eziyet ediyorsun.
bu çalışmayan bir saatten doğru saati göstermesini beklemeye benziyor.
neden mi böyle düşünüyorum?
çünkü hayatıma girmiş herkes bana bir şey öğretti ve ben öğrettiklerini anladığımda onlar gitti.
diğeri, öğretisi için hayatıma geldi.
bu yüzden de kimsenin yokluğu koymadı bana, acıtmadı canımı.
"zamanı dolduysa başka bir hikâye beni bekliyor." dedim.
hiçbirine doğruydu ya da yanlıştı demedim.
çünkü yanlış dediğimden doğruyu öğrendiğim de oldu, doğru dediğimden yanlışı öğrendiğim de.
sen de vakti dolmuş birinin peşinde daha fazla zamanını harcama.
çünkü başka bir hikâye yaşanmak için seni bekliyor.
onun için daha fazla vakit kaybetme.

haklısın.
sevmek nedir bilmiyorum ben.
bu yüzden benim aklımda uyanır uyanmaz sadece sen varken, senin aklında onlarcası vardı.
haklısın.
bencilin tekiyim ben.
bu yüzden üzülmeme izin verdim.
bu yüzden herkese, "seviyorum." dedim.
haklısın.
kendimden başka sevdiğim kimse yok benim.
bu yüzden kendi değerimi yok sayıp, kendimi unutarak ağladım senin için.
haklısın.
her şeyi ben mahvettim.
çünkü çok sevmek bir bakıma mahvolmaktır da...
gerçekten haklısın.
bitirmekte de haklıydın.
"ne oldu, iyi misin?" diye soranlara,
"o kadar da çok şey yaşamadık, ne büyütüyorsun?" diyen birini sevdiğimi daha fazla anlatamazdım.

hayatı yenmeye çalışarak yaşama.
sadece yaşa.
çünkü yaşamak, yenmekten çok daha önemlidir aslında...

ben birini mi seviyorum yoksa kendi hayatımı mı
mahvediyorum?

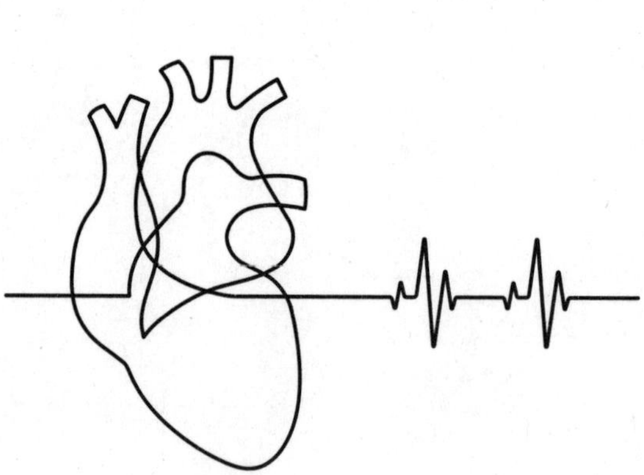

"özleseydi koşar gelirdi." diyorsun.
hayır!
bazısı koşmazdı.
bazısı yazardı, içerdi, ağlardı.
bazısı başkasıyla olurdu.
çok severken bile!
evet maalesef yapardı bunu.
bazısı yalnızlığına sığınır, orada yaşardı.
ama hayır, özleseydi koşmazdı hepsi
çünkü herkes aynı olmazdı, olamazdı.
insan konuştuklarında değil, konuşmadıklarında gizli aslında.
nasıl sevdiğini söylemek gerçekten sevmekle aynı anlama gelmiyorsa, özlediğini söylememesi de özlemediği anlamına gelmiyor.

ondan öncesi vardı.
ondan önce de gülüyordun.
ondan önce de seviyordun.
ondan önce de bir şeyler çok önemliydi senin için.
ondan önce de bir şarkıda ağlardın.
ondan önce de mutluydun, bir yolunu bulup ne yapar eder mutlu olurdun!
hatırlıyor musun?
ondan önce de yaşardın.
o olmadan da...
neden yapamayacağını sanıyorsun?
hatırla öncesini.
bundan sonrasının iyi olması, öncesini hatırlamanda gizlidir belki de...
bil ki, hayatı yaşayamıyorsan başkalarını değil kendini kaybettiğin için aslında...

“unut.” diyerek beni unutmaya zorlayan sen, seni unutmak istemeyecek kadar çok seven ben.

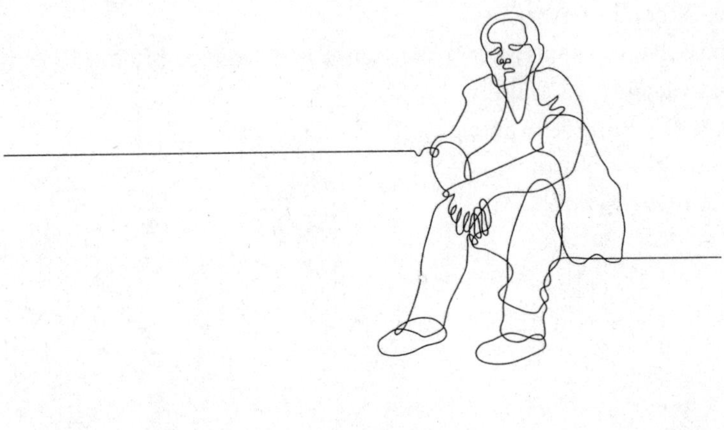

seni tanımıyorum.
kim olduğunu bilmiyorum.
belki sen bile kim olduğunu bilmiyorsun.
çünkü öz o kadar farklı ki...
tek bildiğim senin özünü yaşamanı istiyorum.
çünkü her neysen, o halinle özel ve güzelsin.
"herkes"ten o kadar çok var ki...
ben herkes olmanı istemiyorum.
hayata tekrar gelmeyeceğiz.
bazen bunu hatırlayınca o kadar çok yapamadığım şey olduğunu fark ediyorum ki!
eminim sen de hissetmişsindir.
tek bir hayat verilmiş hepimize ama biz bu hayatı gerçekten ne kadar yaşıyoruz?
zincirlerle bağlanmışız sanki bir şeylere, kendimiz olamıyoruz.
her kimsen kendin ol...
ve istediğin hayatı yaşa.
başkasının sana çizeceği yol, senin istemediğin, hiç mutlu olamayacağın yol olabilir.
kendi yolunu kendin çiz.
sana güveniyorum.
seni seviyorum.

ölümden sonrasını değil de doğumdan öncesini merak ediyorum.

sana kızmıyorum da kırılmıyorum da artık...
ve ne zaman bu hisler benden gitse anlıyorum ki sen de çoktan gitmişsin.

içten içe biliyorsun.
olmayanı oldurmaya çalışan da sensin.
değişmeyecek birinden değişmesini bekleyen de...
geçen gün şöyle bir şey duydum: içine doğan, sana bazı şeyleri önceden fısıldayan aslında hep meleklermiş.
hani senin içinden susturduğun şeyler var ya...
hani olmayacağını hissederek kendine, "hayır ya!" diyerek devam ettiğin hikâyeler var ya...
onların sonunda hep o susturduğun cümleler haklı çıkıyor.
gel, bu gece benimle beraber sen de herkesi sustur, kendini dinle.
cevabı hep dışarıda aradın.
çünkü kendi içindeki cevaptan kaçtın...
kaçma artık.
yüzleş!
vedalar üzücü ama üzücü her şeyin arkasında mutluluk var.
yalan söylemiyorum.
şu an yaşıyorum, oradan biliyorum ve sen de mutluluğuna koş istiyorum...

çok sevdiğim biri demişti ki, "insanlar birbirlerini iyilik yaparak boğarlar."
anlayabilene ne çok şey anlatan bir cümle değil mi?

"insanlar kötü kalpli olsa da ben iyi kalırım." de kendine.
bırak insanlar seni kötü değil, kaybettikleri için pişmanlıkla hatırlasın.
"arkadaşım çok ama dostum az olsun." de kendine.
bırak az dostun olsun ama onlar senin kendinden parçan,
ne olursa olsun orada olacaklarını bildiğin dünyan olsun.
"çok sevmiştim." de kendine.
çok sevmiş olduğun biri olsun, içince ağladığın.
çok sevmenin güzelliğini yaşat kendine.
duygularınla barış, şükret kalbine girdikleri için.
birini sevebilmiş olmanın huzurunu tat.
bırak onu unutmayı, her gün hatırla hatta.
güzel hatırladıkça tekrar birini sevmeye bahanen olsun.
başkasını da öyle seveceksin çünkü!
geç aynanın karşısına, "bugün çok güzelim!" de kendine.
aynaya bakınca sevindiğin bir gülümsemen olsun.
unutma, sen kendini sevdikçe başkası seni daha kolay sevecek.
"onlar inanmasın, ben yapacağım." de kendine.
bir hayalin olsun en imkânsızından.
her gece düşün onu.
o hayal seni insanlara değil, hayata bağlasın.
"bu filmi yaşayacağım." de kendine.
sahne seç bir filmden.
en güzelinden değil, en istediğinden olsun.
zihninde her gün seyret onu.
o sahne hayalin değil, zamanla yaşayacağın gerçeğin olsun.
ve son olarak...
seni kötülük yapmaya zorlasalar da kötülüğü kendinden uzak tuttuğun bir kalbin olsun.
çünkü unutma ki, kötülük kalbinden ne kadar uzak kalırsa iyi olanlar sana o kadar yakınlaşır.
iyiliğinle buluşman dileğiyle...

neden kurtarmaya çalışıyorsun?
sen kimseyi kurtaramazsın, değiştiremezsin de...
biri seni değiştirdi mi hiç?
kurtardı mı?
hayır.
sen istedin, sen kendini kurtardın.
değişmesini istediğin insanlara harcadığın zamana bak.
hepsi boşuna gitmedi mi?
hepsi değişir gibi olduktan sonra en baştaki hallerine dönmedi mi?
onun yaşadıklarına üzüldüğün için yanında olmak istesen de, düşüncelerin hatta düşüncelerinden öte kalbin seni ona götürse de, bil ki kimseyi sen kurtaramazsın.
artık birini kurtarmaktan vazgeç.
sevmekle yükümlüsün sen, birini kurtarmakla değil.

bana, “iyi ki olmamış.” dedirten şeyleri çok seviyorum. istediğimle, benim iyiliğime olan şeyler birbirinden ne kadar farklıymış meğer.

eskiden çok kıskançtım.
sevdiğim birini neredeyse uçan sinekten kıskanacak kadar.
"neredesin?"
"kiminlesin?"
"o kim?"
"ne zaman eve gideceksin?"
"niye hâlâ gitmedin?"
"nasıl bana haber vermezsin?"
"bunu bana nasıl yaparsın?"
bunları yaptım da ne oldu?
hepsi beni sevdiğim insanlarla yaşamaktan korktuğum şeyleri yaşamaya itti.
benden sıkıldılar, beni terk ettiler, başkasını bulup ona gittiler.
hani sanıyorsunuz ya birini sahiplenip, koruyup, kıskanırsanız başka birine gitmez diye...
işte öyle bir dünya yok!
çünkü seviyorsa zaten gitmez, gitmeyi aklının ucundan geçirmez!
çok sevdim.
hiç kıskanılmadığımda, hiç korunmadığımda, hiç sevilmediğimde bile çok sevdim.
bu yüzden bize dayatılan sevme şekilleriyle değil, gerçekten sevgi denen şeyin ne olduğunu bilerek sevelim birbirimizi.
ayrıca aldatmak isteyen her türlü aldatır, gitmek isteyen her türlü gider, sen engelleyemezsin.
kendi sevgini engelleyemediğin, kendine, "hayır sevme." diyemediğin gibi...

ne olursa olsun sen zamana bırak...
zaten olması gerekirse zaman sizi birbirinizden başkasına bırakmaz.

çok istediğin halde olmadığı için seni kahreden şeyler var değil mi?
her gece çok dua ettiğin halde gerçekleşmediğini gördüğün şeyler...
peki sen hiç olmayana teşekkür ettin mi?
hadi bir değişiklik yap!
olmayanı istemek yerine, olmadığı için ona teşekkür et.

yanında bulamadığını kalbine, kalbinde bulamadığını yanına koyma.
çünkü yanında bulamadığının kalbinde yoksundur.
çünkü birini sevmeye çalışarak onu yanında bulsan da kalbinde bulamazsın.

beni şimdi değil, seneler sonra hatırla.
adını "sevgili" koyduğun birinin sana karşı yaptığı bir hareketi bana benzet ve önce aklına, sonra kalbine düşür beni.
onda beni aradığını gör.
onda bizi bulamadığını gör.
ya da kalabalıklarda yalnız yürü ve yanından geçen biri benim parfümümü sıkmış olsun.
ve sen o kokuyu öyle çek ki ciğerine, ismimle kokum birbirine karışsın ve hiç çıkmayayım bedeninden.
beni şimdi değil seneler sonra hatırla.
çünkü her şeyin geç olduğunu fark et ve pişmanlığın hiç gitmesin yüreğinden.

sevmek geçici bir şey ama özlemek kalıcı.
keşke o da geçse.
geçip gitse.

birlikte olmak için sevene bir neden yeterken, sevmeyene bin neden de bulsan onu yanında tutamazsın.

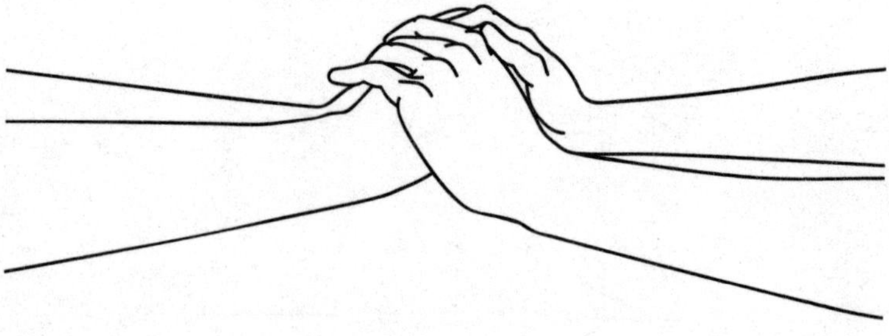

anormallik ve normallik birbirine karıştı.
birini sadece sevmek unutuldu.
cümleler değişti, "seni çok seviyorum, sevgilim olur musun?" demek yerine, "isim koymayalım ilişkimize." ya da "aramızdaki sadece cinsellik, başka şey bekleme." dendi.
duygudan uzak, sevgiden uzak, romantizmden uzak bambaşka bir dünya yarattılar ve bizi alıştırıp bu durumu normalleştirdiler!
yetmedi, başka şeyler yarattılar.
eğer sevgilin yoksa sana garip, çirkin ya da beceriksiz dediler.
halbuki sen sevgisiz olan her şeye karşıydın sadece!
seni anormalleştirdiler.
unutamadığın biri mi var?
başkalarıyla ilişkiler yaşamanı önerdiler, sevgisiz birlikteliklerde sevgi aramanı normalleştirdiler.
bırak, istediğin kadar anormal ol onların gözünde.
hayatı sevgiyle yaşayan herkes normaldir.
sevgisiz yaşayan her kimse, asıl anormal onlar.

güvenmeyi her zaman sevmenin önüne koy.
herkeste bir şey bulup sevebilirsin ama herkeste bir şey bulup güvenemezsin.

“hayır hayır, öyle demek istemedi.
siz tanımıyorsunuz, ben ciğerini bilirim onun.
dedim ya, ailesiyle alakalı problemleri var.
kötü biri değil o.
bazı hataları var sadece.
hayır, seviyor beni.
sevdiğinden hepsi.”
tanıdık geldi mi?
hepimizin âşık olunca gözleri kapanıyor yalanlara, sevgisizliklere, aldatmalara, terk etmelere...
sen hep gözlerin açık mı sandın yoksa?
ilk önce karşındaki kişinin gerçekliğine kapatıyorsun gözlerini, sonra onun aslında hiç de “istediğin biri olmadığına...”
yoksa sen onun “istediğin kişi” olduğunu mu sandın?
istediğini değil, bambaşka birini seviyorsun aslında...
sonra da bir anda, “nasıl böyle birini sevebilirim?” derken buluyorsun kendini gözlerin yavaş yavaş açılırken.
aç gözlerini.
tamamen aç.
kapatma gerçeklere.
gör her şeyi.
uyutmasınlar seni.
insanlar kötü.
kendi boşluklarını doldurmak için, başkalarını bu boşluklarda uyutmak isteyecek kadar kötü.
uyuma.
insanlar senin masum sevgini, kendi sevgisizliklerinde kullanacak kadar kötü.
bir kere kapanınca o güzel gözlerin, bir daha onları “gerçeklere” açmak o kadar zor ki...

yunus emre'nin, "*yaratılanı severim, yaradan'dan ötürü.*" sözünü bilen herkes, "ne güzel söz." der.
ama ne kadar uygular?
herkesin dünyayı algılayış şekli farklı belki ama herkesin yaradılışı aynı bana göre.
her şey aşktan...
dışarıda birini gördüğümde onu ne cinsel kimliğiyle, ne cinsiyetiyle, ne etnik kökeniyle, ne siyasi görüşüyle, ne dini inancıyla, ne parasıyla ne de başka bir şeyi ile algılıyorum.
özüne bakıyorum.
ne konuştuğuna, kalbine neler koyduğuna, iyilik denilen şeye ne kadar hizmet ettiğine bakıyorum.
ve fark ediyorum ki, o kadar çok nefretle bakıyoruz ki birbirimize...
ya da bakıyoruz ama birbirimizi görmüyoruz sanki.
toplumun dediklerinden, kitapların yazdıklarından çıkıp kendini sevmenin zor olduğunu biliyorum...
ama ben hayatım boyunca kendimi olduğum gibi sevdim.
ne olduysam, onu sevdim.
kendimi sevmemek, kabullenmemek, başkasına göre şekillendirmek yaradılışıma aykırı gibi geldi.
neysem o oldum.
bu yüzden hayatta nelerden nefret ettiğinizi sorgulayın.
hayatınızda ne kadar nefret duygusu varsa o kadar olumsuzluk olacaktır.
ne kadar sevgi barındırıp paylaşırsanız da o kadar çok mutluluk...

sevgini “iyi ki”leştiren birini bul...

zorladığında gerçekleşmeyen şeyler, seni başka bir mucizeye hazırladığı için gerçekleşmez.
çünkü hiçbir güzel şey hayatına zorlamayla gelmez.
bu yüzden bazı şeylerin olmamasına izin ver.
izin verdiklerin sayesinde güzel şeylerin olacağını göreceksin.

kendini reddeden yaradan'ı da reddeder.
kendini sevmeyen yaradan'ı da sevmez.
kendiyle barışmayan yaradan'la da barışamaz.

eskiden korkardım vedalardan.
bu yüzden veda edememiştim sana.
artık korkmuyorum.
sana vedam başkasına başlangıcım oluyor çünkü.
zaten çocukluğumdan beri neye inansam hep o oluyor.
kendime söz verdim: bundan sonra hep güzel şeylere inanacağım.

başkasının seni sevdiğini ne kadar hissettirdiğini bir kenara bırak,
sen kendine sevildiğini en son ne zaman hissettirdin?

yaşanması mümkünken yaşanmaması, yaşanırsa çok mutlu olunabilecekken tercih edilmemesi, iki kişi birbirini bulmuşken başkalarına koşmaları...

aşkın kuralları bir kitapta yazılsaydı keşke, açıp okusaydık.
o zaman hep doğruyu yapardık...
aptal olma!
her seven gelmez.
bak hâlâ gidemiyorsun ona.
hadi gitsene!
aşk, zamanla birleştirdiği gibi saçma bir sebep bulup ayırır da ellerini ondan.
sonra alır seni, bağlar ellerini.
ne yazabilirsin ne arayabilirsin ne de dokunabilirsin...
sadece seversin.
keşke sadece ellerini bağlasa!
en kötüsü hislerini de bağlar aşk.
var mı duygulardan kaçmanın bir çaresi?
seviyorum diyorum.
hâlâ, "o da sevseydi gelirdi." diyorsun.
seviyoruz, sevdiğimiz halde gidemiyoruz, göremiyor musun?
başkasına yapmadığın şeyi, başkasından bekliyorsun.

sana tanıtılana değil de gerçekte olana bak ve eğer gerçekte olan farklıysa arkana bakmadan kaç.

problemli insanlara daha çok koşuyor kalbim ve nedense sarılıp hiç bırakmak istemiyorum onları.
geceleri uyumadan onların problemlerini düşünüyorum nasıl çözülür diye.
bir de baktım, sevdiğim tüm insanları da böyle sevmişim!
sanki insanları ben kurtarabilirmişim gibi yormuşum kendimi.
tabii ki insan sevdiğinin problemlerini çözmeli, ona yardım etmeli ama o problemler senin hayatına sıçradığında bence o zaman koşup gitmeli...
çünkü hiçbir sevgi içinde zarar taşımaz.

anlam yüklüyorum her şeye.
her şey hâlâ sevgiden geçiyor benim için.
dokunmak, öpmek, sevişmek...
hepsinin anlamı var benim için.
öylesine değil, gerçekten anlam yükleyerek yaşıyorum.
kalbimi titretmeyen birine sarılmıyorum bile.
şaşırıyorsunuz değil mi?
çünkü etrafımızda bunlara anlam yükleyen kalmadı.
"öylesine bir şeyler yaşadık." cümleleri çoğalırken,
"çok şey yaşadık biz, o çok değerli benim için." cümleleri azaldı,
kalmadı hatta!
ama neden böyle oldu?
bize dayatılan ne?
birini sevmeden önce kendinizi tanıyıp, onu sevin.
"sevgi" nedir onu araştırın.
"ilişki" nasıl yaşanır onu öğrenin.
dayatılan bir hayatı değil, kendi hayatınızı kurun, onu yaşayın...

iyilik adı altında başkasına kendi istediğini yaptırarak onu şekillendiren bir varlıktır insan.
iyilik mi bu?

size de bazen kelimeler çok sığ gelmiyor mu?
hani içinizde yaşadıklarınızı anlatmak için çok yetersizlermiş gibi...

çünkü kalpten istenilen, mantıkla öğretilenden daha çok mutlu eder.

bir şeyler yolunda gitmediğinde, sen kendi yolunda gitmiyorsun demektir.
hayat sana armağan edilmişken, sen o armağanı yaşayamıyorsun demektir.
toplum, ailen, arkadaşların ya da sevgilin...
kendini birilerinin dediklerine göre şekillendirdikçe, kendinden uzaklaştığının farkında mısın?
benliğinden, isteklerinden, arzularından kopuyorsun.
başka bir sen yaratıyorlar, sen de "o" oluyorsun.
özüne in.
kendine koş.
o zaman sen de düzelirsin, gittiğin yol da.

sevgili olmak güzel ama birinin sevdiği olma fikri kadar güzel mi?
çünkü sevgili olma durumu sanki büyük bir kavga edilmeyene kadar, araya biri girmeyene kadar, mesafeler ayırmayana kadar...
ama birinin sevdiği olmak öyle mi?
ne kavgalar engeller bunu ne de araya giren başka insanlar...
mesafeler duygularını öldürmeye yetemiyor.
zaman bunu değiştiremiyor.
bu yüzden birinin sevgilisi değilsin belki ama ya hâlâ sevdiğiysen?
emin ol, bu çok daha güzel...

hep başkasını dinlemek de kötü, hiç dinlememek de...
hep dinlersen, başkasının dediğini yaşarsın; hiç dinlemezsen de yanlışından kurtulamazsın.

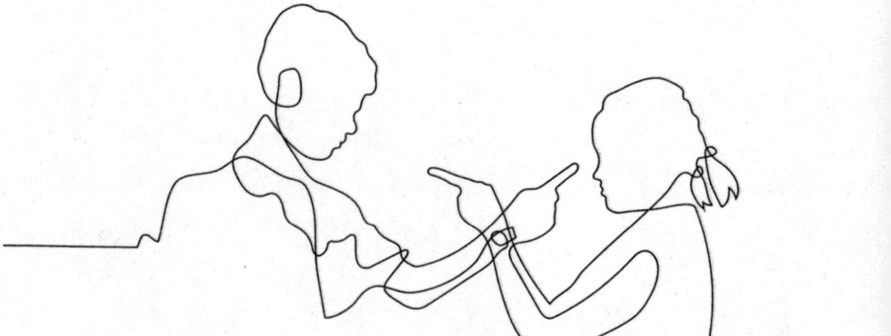

“insanlar ne der?” diye düşünmekten hayallerini erteleyerek göçüp gidenlerden olma...

önemli olan, sevginden dolayı seni seven birini değil, gerçekten içindekini gördüğü için seven birini bulmak...

herkesle kavga et ama kendinle etme.
biri hayatında kalsın istiyorsan uğraş ama gitmeyi kafasına koymuşsa, bırakmayı da bil.
sevgini göster ama aklı sende olmayana kalbini teslim etme.
sev.
ama ona verdiğin değerin, kendine verdiğin değeri geçmesine izin verme.
kapılarını kimseye kapamadan hep açık tut.
çünkü bugüne kadar o evde hep misafir ağırladın, asıl sahibi bundan sonra gelecek.

hayatın kısalığını hatırla ve üzüntünü kısalt

kendine yapacağın en büyük kötülük, annenden ve babandan
göremediğin sevgiyi başkasından beklemen...
çünkü o boşluğu hiçbir zaman bir başkası dolduramaz.
sevgisiz yaşamayı değil ama boşluklarla yaşamayı öğren.
çünkü onlarla da yaşanıyor.

her insan bir hikâye...
birinin sonu geldiğinde, diğeri okunmak için seni bekliyor...

sanki bazı şeylerin kararını ben vermiyorum gibi.
âşık olmak hem benim elimde hem de değil gibi...
zaman mesela, o da öyle değişik bir şey ki...
seni unutamamış bile olsa gittiğin hiçbir yol çıkmıyor ona.
evren buluşturmuyor sizi.
ama olması gerekiyorsa, senden sonra başka hikâye yaşamış olsa bile bir gün tekrar senin hikâyende can buluyor o kişi.
bu yüzden hayat, derdiyle tasasıyla bazen canımı sıksa da, içinde sakladığı mucizeler uğruna her şeye rağmen yaşamaya değer gibi.

hangi durumda kalmayı istemiyorsan hayat o durumda da yaşanabileceğini göstermek için seni zorlar.

kendinden feda etmediğin bir şeyi başkalarının senin için feda etmesini beklеme.
sevgini de paranı da yardımını da çıkarsız yap.
karşılık bekliyorsan niyetini sorgula...
gerçekten seviyor musun yoksa egon mu sevildiğini bilmek istiyor?
bir yardımı içinden gelerek mi yapıyorsun yoksa sana da yardım etsinler diye mi?
niyetin neyse hayatın o olacak.

seni suçlamıyorum.
gittiğin yoldan gelen benim, geçtiğin sokaklarda yürüyen benim, evinin yolunu ezberleyen benim.
hatırlamadın değil mi?
yapma!
hatırlayacağımı bilerek şarkılar açıp kendime seni hatırlatan benim.
gitme!
üzüleceğimi bilerek peşinden gelen, sana koşan benim.
vazgeç!
vazgeçeceğimi gayet iyi bilerek yine de "değişir" umuduyla, seni bekleyen benim.
yapma!
çok mu zor?
senin adını değiştirip "aşk" yapan benim.
seni suçlamıyorum.
bana bu yazıyı yazdıran sensin ama bu yazı yazılabildiği için bile seni daha çok seven yine benim.

insanın kendisine yaptığı tüm eziyetlerin sebebi sevilmeme
korkusundan...
bunu okuyan her kimsen.
seni seviyorum.
korkma.
tekrar sevileceksin.
söz veriyorum.

neden başkasını her şekilde severken kendimizi aynı şekilde sevemiyoruz?

bir neden olacak ölümün için.
ya körü körüne, saçma sapan bir neden olacak ya da ağır bir şey yüzünden gideceksin hem çok sevdiğin hem de nefret ettiğin dünyadan.
ama ne fark eder?
gideceksin işte!
peki geriye ne kalacak?
yapmak isteyip de yapamadıkların...
"keşke." diyerek içinde bıraktıkların...
bu yüzden bırak hayatı da kendini kontrol etmeyi de...
bir gün bitecek bir dünya için bu kadar düşünmene inan değmez.
hem sen kalıcı değilsin ki mutsuzlukların kalıcı olsun.
koca evrende küçücük bir tozsun sadece.
ne kendini büyüt ne de yaşadıklarını...

her şeyin düşünceden geçtiğine inanıyorum.
senin düşünmediğin bir şey hayatında olmuyor mesela.
bu yüzden önce hayaller kuruluyor, sonra o hayallerin gerçekliği yaşanıyor.
hayalin nesnel dünyaya yansıması ilk başta düşünceyle başlıyor.
düşünce dediğin düşlerden geliyor zaten...
belki bir mesajdır bu kadar düşünmen, "git konuş." diyordur belki de...
"söyle işte, tutma içinde, o da istiyor." diyordur düşlerin sana...
kısaca birini sürekli düşünüp duruyorsan, bil ki o da aynı şekilde seni düşlemekte...

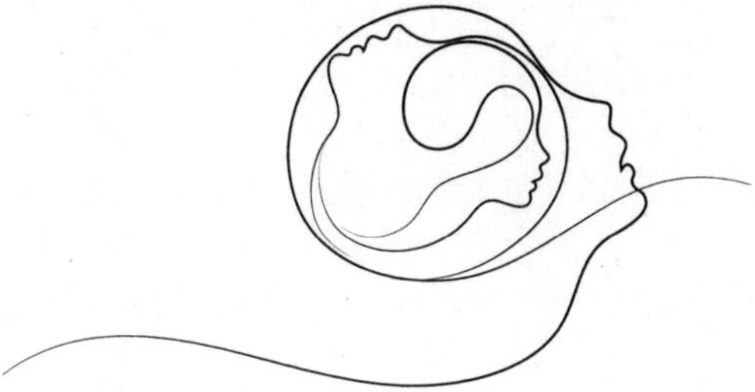

bir süre sonra ne varlığını istiyorum ne de yokluğunu.
her türlüsünü kabule geçiyorum.
“hangisi iyiliğim içinse, o olsun.” diyerek…

yaşamadığın bir şey hakkında başkasına konuştuğunda, o konuştuğun şeyi yaşar hale geliyorsun.
çünkü deneyimlemeden konuşuyorsun.

sevilmeye öyle odaklandık ki, sevmenin güzelliğini yaşamayı unuttuk.
eğer karşılığı yoksa sevmekten nefret eder olduk.
sevebildiğim için şükrediyorum.
bu duygu bende olduğu için ve bunu biri sayesinde hissedebildiğim için şükrediyorum.
kimseyi sevememek karşılıksız sevgiden daha kötüdür.
sen de sevmenin güzelliğini yaşat kendine.
bu duygu sana geldiği için yaşanmasına izin ver.
ne karşılığını düşün ne de olacakları...
asıl sevgi budur...

güzel günler hayatına gelmek için kötü günlerin bitmesini bekler.
güneşin doğmak için gecenin bitmesini beklediği gibi.
diyorsun ya, "istediğim gibi biri beni bulacak mı?" diye.
o hayatına girmek için senden sana değerini unutturanlara veda etmeni bekler.
geceyi yaşıyorsan, gecenin güzelliğini de yaşa.
yakında gündüz olacağını bilerek yaşadığında gece de kötü değildir aslında.

her şeyin geçip gidiyor olması da, zamanın hızlı akması da, hayatın bize bir hediyesi.

herkesle aran bozulabilir.
bazılarının kaybı iyi bile gelir.
ama kendinle aran hep iyi olsun.
o bozulunca, her şey bozuluyor.

milyarlarca insan olmasına rağmen neden bir insanı bulunca
çok sebep varken ısrarla bırakmak istemiyoruz?
kendine uzaktan bakmayı dene...
inan sen bile kendine güleceksin!

kendini unutacak kadar çok sevdiğin herkesi bir gün kaybedersin. çünkü hayat her zaman önceliğin "sen" olması gerektiğini hatırlatmak için kendi değerini unutacak kadar çok sevdiklerini alıp götürmek zorunda kalır.

sürekli insanların dediklerine kulak verirsen onların
kölesi olursun.
kendine kulak verirsen, kahraman.

iki insanın aynı anda birbirini sevmesi mucize...
ama bunun sürekli ve aynı anda devam etmesi mucizenin de ötesinde.

gerçek dediğin şeylerin hayalden doğduğunu fark et ve hayal kurmaya devam et.

bana söyleme.
anlatma.
sadece yap.
böylece söylemene de gerek kalmaz.

insan öyle garip bir varlık ki, başkasını küçümseyince kendisinin büyüdüğünü zannediyor.
oysa farkında olmadan küçümsediğini büyütüyor.

başkasının dediğini yapma.
onu dinledikçe kendinden kopuyorsun.
kendin değil, o insan oluyorsun.
hem o senin nasıl mutlu olduğunu senden daha iyi
nasıl bilebilir?
herkesin doğrusu kendine.
sen kendi doğrunu yarat.

yeni anlıyorum sadece bir hayatımın olduğunu ve
bu hayatı benden başka kimsenin şekillendiremeyeceğini...
yeni anlıyorum karşılığını görüp görmemeye odaklanmaktan,
"sevme" duygusunun güzelliğini yaşamadığımı ve sevmenin sevilmekten daha önemli olduğunu...
yeni anlıyorum "kötü" diye bir şey olmadığını,
gelmesinin de gitmesinin de iyi olduğunu...
yeni anlıyorum birini sevince kendinle daha iyi tanıştığını,
kendini sevmeye başlamadan sevilmeye başlanmayacağını...
geç oldu ama yeni anlıyorum...

hiçbir şey yolunda olmadığında da şükrettim,
bu yüzden her şey yolunda.

akışına bıraktın mı hiç?
yoksa bıraktığını zannettiğinde de kontrol etmeye, zorlamaya ve oldurmaya devam mı ettin?
akışına bırakmak teslimiyettir bence.
güvenmektir seni yaradan'a, zamana, insanlara, olacaklara ve olmayacaklara...
iyiyle kötünün ötesinde geleni kabule geçmektir.
her şeyi bırak, tevekkül et.
işte o zaman hayatın daha güzel olur.

sevilmek öyle onay gerektirmeyen bir şey ki...
gerçek sevgi size geldiğinde, ruhunuza işlediğinde, vücudunuzda dolaştığında, başkasına anlatmaya ihtiyaç duymuyorsunuz onu.
"bana böyle davrandı, kesin seviyor değil mi?" diye sormuyorsunuz.
öyle güzel dolaşıyor ki iliklerinizde, cevabı bilmenin ötesinde, hissediyorsunuz...
sevilmek öyle "derin suda yüzmek" gibi bir şey ki...
korkmuyorsunuz o suda yüzmekten, derinlere gitmekten.
öyle çok güven taşıyor ki içinde, "boğulacak gibi olursam kurtarır o beni." diyerek yüzüyorsunuz.
sevilmek öyle "mucizevi" bir şey ki...
"yaratıcı hem dünyayı yaratmış hem de beni sevebilecek birini." diye şükrederken buluyorsunuz kendinizi...
sevilmek öyle "çıkarsız" bir şey ki...
saatlerce sussanız bile, saatlerce sevişmiş gibi zevk alabiliyorsunuz.

sana "ilk"lerin değil, "son"ların önemli olduğunu hatırlatan, en güzelinin aranmasının yersiz olduğunu, en güzel hissettirenin yeterliliğini öğreten,
rüyaların gerçek olabileceğini kanıtlayan,
seni başkalaştırmayıp, kendin olmana izin vererek, seni sen olduğun için sevecek olan,
uzun süredir hayatına girmemiş olduğu için, geldiğinde sana şükran duyduran,
sana sevmeyi sevdiren, sevgini "iyi ki"leştiren birini bul ve sen de öyle ol...

"böyle sevecek biri yok." diyorsun.
evrende olmadığına inandığın bir şey seni nasıl bulabilir?

bil ki...
ağlamanda sorun yok.
yanlış kişiyi sevmende sorun yok.
deneyip başaramamanda sorun yok.
başarısız olmanda sorun yok.
doğru dedikleri şeyleri yapamamanda sorun yok.
kusursuz olmamanda sorun yok.
güçsüz biri olmanda sorun yok.
herkes gibi olamamanda sorun yok.
sevdiğin biri tarafından sevilmemende sorun yok.
hemcinsini sevmende sorun yok.
kimsenin inanmadığı bir hayalin peşinde olmanda sorun yok.
imkânsızı istemende sorun yok.
tek başına olmanda sorun yok.
bunları sana "sorun" diye dayatan sadece zihnin.
sorunlarına gül ki onlar da sana gülsünler.

tek gerçek var, o da zamanın dolduğunda dünyada olmayacağın... böyle bir gerçek varken hiçbir şey sandığın kadar gerçek değil aslında...

sonra anladım ki, beni mutsuz edecek isteklerimden
kendimi soyutladığımda, mutlu edecek olanlar bana geliyor...
ve mucizeler kendi değerini bilip, kendini mutsuzluklardan
koruyanların ayağına gidiyor...

sevginin değeri bilinmediğinde sabret.
sabrın sevgi görmene yetmiyorsa, o sevgiden vazgeç.

dünyaları versen bile, kıymetini bilemeyecek olanlar da var.
göreceği küçük bir sevgi kırıntısında dünyalar kadar çok sevecek olanlar da.
hayat senin, karar senin.

böyle olmasını istemediğin her şeye teşekkür edeceksin.

sevince yaptığı kötülüklerden bile iyilik yaratıyorsun.
onun her yeri çamurlu olsa bile, bulaştığı pislikleri savunuyorsun.
yapma!
gerçekle hayali birbirine karıştırma.
onda güzel gördüklerin, iyi diye savundukların senin gördüklerinden çok farklıysa, sadece kendini üzersin.

istediğin gerçekleşmediğinde, gayretine rağmen olmadığında,
vazgeçmek başka bir mutluluğa kapı aralar.
hayatına yeni yollar açılmasına izin ver.

"erkek fatma" diyerek aşağıladığın kızın, istediğin gibi biri olamadığı için her gece kendisinden nefret ederek uyumasına sebep olduğunu bilseydin, aynı şeyi tekrar söyler miydin ona?

"top" diyerek erkekliğini sorguladığın, ötekileştirdiğin çocuğun sekiz yaşındayken aklına "intihar" fikrini soktuğunu bilseydin ve o çocuğun senin yüzünden psikolojik tedavi gördüğünü öğrenseydin, rahat rahat devam eder miydin onu aşağılamaya?
sorum sana değil, vicdanına.
çünkü cevap onda.

insanlar anlattıklarıyla, kim olmak istediklerinden bahsediyor. eylemleriyse, kaçamadıkları kimliklerini, kim olduklarını ortaya koyuyorlar.
söyledikleriyle yaptıkları bir olmayanlarla arama koyduğum mesafe hiç bu kadar huzur getirmemişti.

olmayışını, olamayışını sevmek olur mu?
bunu da sevmiştim halbuki.
bir anlamı olmayan hareketlerinden anlamlar çıkarmayı da sevmiştim.
karşılaşmalardan anlamlar çıkarmayı sevmiştim.
kaderin olabilme ihtimalini.
seni konuşmayı sevmiştim, konumun sen olmasını.
sonra yanıma gelince, gözlerime öyle bakınca, anlamlıyım zannetmiştim, nereden bileyim?
saf sevmeyi sevmiştim.
senin gözünde bir anlamım olabilme ihtimalini sevmiştim belki.
ah be!
şimdi fark ediyorum da ne çok sevmişim seni, ne çok sevmemişsin beni.

yaşadığını zannederek nefes alan ne çok ölü var.
nefes alıp almadığını değil, gerçekten yaşayıp yaşamadığını sorgula...

sana sonunda bir şeyler öğretmiş hiçbir şey için pişman olma.
"keşke yaşamasaydım.", "nereden karşıma çıktı?" deme.
yaşamasaydın, karşına çıkmasaydı şimdi nasıl bilecektin?
unutma: insanlar doğruları, yaptıkları yanlışların sonucunda öğrenirler.
bu yüzden yanlışlar da hayatın hediyesidir sana.

hayatımdan gidenleri düşünüyorum bir süredir.
bir şey fark ettim.
ben birini özgürce sevemiyormuşum.
meğer sevdiklerimin aklına gitmeyi koyan benmişim, "beni bırakma." diyerek...
dualarımda bile hep, "ne olur, o da diğerleri gibi gitmesin, yanımda kalsın." cümleleri varmış.
dualarım bile korkakmış...
meğer "rahat rahat sevmek" diye bir şey varmış.
sana da garip gelmiyor mu bu yaptığımız?
cümlelerimiz kaderimizi belirliyor resmen.
çünkü hem seviyoruz hem de gitmesi için yolu onlara biz gösteriyoruz...

seni üzeni sevmeye devam ettikçe kendi benliğini farkında olmadan değersizleştirmiş oluyorsun.
ona "elveda." dersen de gerçekten mutlu etmek isteyen bir gün elbet seni buluyor.

kendi değerini bildiğinde başkası da senin değerini bilir. ama sen değerini bilmeyip kendini üzersen, başkası da değerini bilmeyip seni üzer.

ne kadar öğüt verirseniz verin en güzeli yaşayarak görmek. dibine kadar yaşayınca senin için en doğrusunu ve en güzelini daha iyi biliyorsun.